Bianca

NOVIA POR REAL DECRETO
CAITLIN CREWS

HARLEQUIN™

Editado por Harlequin Ibérica.
Una división de HarperCollins Ibérica, S.A.
Núñez de Balboa, 56
28001 Madrid

I.S.B.N.: 978-84-687-9959-9
Depósito legal: M-15500-2017
Impresión en CPI (Barcelona)
Fecha impresion para Argentina: 19.2.18
Distribuidor exclusivo para España: LOGISTA
Distribuidores para México: CODIPLYRSA y Despacho Flores
Distribuidores para Argentina: Interior, DGP, S.A. Alvarado 2118.
Cap. Fed./Buenos Aires y Gran Buenos Aires, VACCARO HNOS.

Capítulo 1

A MAGGY Strafford pocas cosas le desagradaban tanto como fregar los suelos de la cafetería, o cualquier otro suelo: ir al dentista, la gastroenteritis, los recuerdos de una infancia pasada en familias de acogida. Pero allí estaba, arrodillada, atacando algo pegado al suelo de madera noble del establecimiento La Reina del Café, en Deanville, un pequeño y turístico pueblo de Vermont, a poca distancia de uno de los complejos turísticos más famosos de ese estado. Y estaba allí porque formaba parte de su trabajo como la última camarera contratada por los propietarios, que se habían fiado de ella hasta el punto de dejarla a cargo de cerrar el local ese día.

Y por primera vez en el accidentado carnaval que había sido su vida desde que, cuando era una niña, la encontraron a un lado de la carretera y con amnesia total, Maggy estaba decidida a conservar su trabajo, aunque implicara arrancar cosas pegajosas sin identificar del suelo de un café en mitad de ninguna parte, Vermont.

Lanzó un gruñido al oír la campanilla de la puerta que anunciaba la llegada de algún turista adicto al café incapaz de leer el letrero de cerrado.

—Está cerrado —dijo Maggy alzando la voz al tiempo

que sentía una ráfaga de viento gélido. No añadió: «¿Es que no ha visto que pone cerrado en el letrero? ¿O es que no sabe leer?».

No, esa era la clase de respuesta que la antigua Maggy habría dado. La nueva Maggy era más amable, con mejores modales. Y, por lo tanto, había sido capaz de llevar cinco meses en el mismo trabajo.

Pensando en ello, esbozó una sonrisa mientras tiraba al cubo de agua sucia la bayeta y, mostrando todos sus dientes, volvió la cabeza hacia la puerta.

Y dejó de sonreír al instante.

Dos hombres musculosos, serios y con trajes oscuros entraron en el café al tiempo que hablaban por micrófonos en un idioma extranjero. Detrás, apareció un tercer hombre flanqueado por otros dos, también musculosos y también con auriculares y micrófonos... y con gigantescas pistolas sujetas a las caderas. «Pistolas». Los agentes de seguridad, porque era evidente que eso eran aquellos hombres, tomaron posiciones cubriendo el perímetro del establecimiento.

El hombre que estaba en el centro avanzó un paso y, quieto, se quedó observando a Maggy.

A Maggy no le gustaban especialmente los hombres arrogantes. No le gustaban los hombres en general, teniendo en cuenta los especímenes con los que había tenido que tratar; sobre todo, en las casas de acogida. Pero los mecanismos de defensa a los que recurría normalmente, ironía y ataque, la habían abandonado de repente.

Porque el hombre que estaba en el centro de la estancia mirándola de arriba abajo era... algo especial.

Por su parte, parecía acostumbrado a que la gente se arrodillara ante él. De hecho, parecía decepcionado de que fuera ella la única arrodillada ante él. Debería despreciarle solo por eso.

Sin embargo, los latidos de su corazón le golpeaban contra las costillas sin que pudiera evitarlo. Se dijo a sí misma que ese hombre no tenía nada de especial, era simplemente un hombre más y evidentemente vanidoso. Visible y ridículamente rico, como tantos otros que, durante el invierno, se dejaban caer por aquel pequeño pueblo después de haber pasado el día esquiando. Había muchos así, entrando y saliendo de sus relucientes y monstruosos coches de tracción a las cuatro ruedas con sonrisas perezosas y demasiado blancas. Ocupaban las mejores mesas de los mejores restaurantes del pueblo, hacían que subieran los precios en las tiendas y llenaban los cafés.

No, ese tipo no tenía nada de especial, se aseguró Maggy a sí misma mientras continuaba mirándole. «Este hombre es igual a todos los demás que pasan por aquí».

Pero era mentira.

Ese hombre era extraordinario.

Exudaba intenso poder o quizá una seguridad en sí mismo que le calaba hasta los huesos. No era simple arrogancia. No era solo el bronceado de los rostros, la blancura de los dientes y los lujosos vehículos que hacían que los otros se creyeran semidioses.

Le resultaba difícil apartar los ojos de él, como si ese hombre se hubiera apoderado de toda la luz del café, del pueblo, de toda Nueva Inglaterra. Llevaba un abrigo que era elegante y masculino al mismo tiempo. Era alto, de hombros anchos y cuerpo atlético.

Pero el verdadero problema era el rostro.

No era solo un tipo atractivo y rico como el resto de los que aparecían en Deanville en aquella época del año luciendo ropa de esquí de diseño. El rostro de ese hombre era indiscutible y visiblemente varonil. Duramente varonil. Su nariz era como la de la efigie de una moneda antigua y su dura y seria boca le produjo un intenso calor en el vientre. En realidad, más abajo del vientre. Sus ojos eran del color de la lluvia y demasiado penetrantes; su mirada, dirigida a ella, irradiaba una especie de electricidad tan arrogante y altiva como cruel.

Y esa mirada gris parecía acostumbrada a recibir adoración por parte de todo aquello en lo que se posara. Y no parecía esperar menos de ella.

—¿Quién demonios son ustedes? —preguntó Maggy en tono exigente.

Era una cuestión de supervivencia. En ese momento, le daba igual que su impertinencia le costara el puesto de trabajo. Le daba igual no poder pagar el alquiler de la cochambrosa habitación en la que vivía. No le importaba nada, a excepción de que esa «cosa» que se había apoderado de ella no la aniquilara.

—Perfecto, por supuesto —respondió el hombre en tono irónico—. Arisca e irrespetuosa a la vez —añadió con voz grave y aterciopelada en un inglés con un ligero acento irreconocible. Se censuró a sí misma por desear saber qué era ese algo irreconocible–. ¿Por qué está rubia?

Maggy parpadeó. Después, peor aún, se llevó una mano al cabello que se había teñido hacía tres días por creer que le confería un aspecto más cordial que el castaño natural de su pelo.

Entonces, se quedó helada al comprender el significado de esas palabras.

–¿Me está espiando? ¿Por qué?

–No sabe quién soy.

No era una pregunta. Más bien parecía un dictamen.

–Supongo que se dará cuenta de que cualquiera que haga esa pregunta es, básicamente, un cretino.

Él arqueó una ceja.

Maggy tuvo la impresión de que ese hombre no estaba acostumbrado a que le insultaran y quizá el hecho de que ella se hubiera atrevido a hacerlo le hubiese dejado atónito. Lo que significaba que debía de ser más rico e intocable de lo que se había imaginado. Por otra parte, no lograba entender por qué ese hecho la había dejado sin respiración.

–Perdone, ¿qué ha dicho? ¿Me ha llamado «cretino»? –dijo él muy serio.

Maggy alzó la barbilla, un gesto que una legión de trabajadores sociales y antiguos jefes le habían advertido que era agresivo, y fingió no notar el énfasis con el que él había pronunciado la palabra «cretino».

–El café está cerrado –declaró ella–. Por favor, agarre a sus matones y váyase.

El hombre no se movió, pero su mirada hizo que se le erizara la piel. Después, se metió las manos en los bolsillos del pantalón y separó ligeramente las piernas, una postura que pretendía ser más relajada, pero que no lo era.

–Dígame, ¿tiene una pequeña marca de nacimiento en la oreja izquierda parecida a un corazón ladeado?

Maggy se quedó helada. Tan fría como el viento invernal que la había envuelto cuando aquellos hombres entraron en el café.

–No –mintió ella haciendo un esfuerzo por no alzar la mano y tocarse la oreja.

–Miente –dijo él simplemente.

–Y usted me está asustando –contestó Maggy. Entonces, se puso en pie–. ¿Qué es esto? ¿Qué es lo que quiere? Me he dado cuenta de que no es un café con leche.

–Y se llama Magdalena, ¿no es así?

Fue entonces cuando Maggy comprendió que ese hombre conocía las respuestas a las preguntas que estaba haciendo. Fue como una patada en el estómago. Le pareció que la tierra se abría a sus pies.

–No –volvió a mentir, asustada–. Me llamo Maggy, simplemente Maggy.

Maggy se sacó el teléfono móvil de un bolsillo trasero de los vaqueros y lo agarró con fuerza antes de añadir:

–Si no se van ahora mismo, voy a llamar a la policía.

–Me temo que sería un ejercicio fútil –declaró él, sin mostrar la más mínima preocupación de que una persona le amenazara con la policía. En realidad, parecía que la idea le complacía–. Si quiere ponerse en contacto con las autoridades locales, adelante, no voy a impedírselo. Pero sería imperdonable que no le advirtiera de que hacerlo no conllevará los resultados que usted espera.

Maggy no sabía por qué, pero le creía. Quizá debido a su actitud.

–En ese caso, ¿por qué no se marcha simplemente? –preguntó sintiendo los labios insensibles, algo extraño en el estómago y la marca de nacimiento de la oreja muy caliente. Pero no se la tocó–. Quiero que se vayan todos ustedes.

Pero ese hombre no le hacía caso.

–Es increíble, podría parecer su hermana gemela de no ser por ese horrible rubio teñido.

–No tengo ninguna hermana gemela –le espetó Maggy–. Es más, no tengo a nadie. Me encontraron a los ocho años en la cuneta de una carretera y jamás he recuperado la memoria de mi vida anteriormente. Punto final.

–Lo que prueba mi teoría –respondió el hombre. Y en sus ojos grises brilló algo duro, algo parecido a la satisfacción.

El desconocido se quitó los guantes de cuero ceremoniosamente. Maggy no entendía cómo podía exudar tanta virilidad con solo quitarse los guantes allí de pie, sin moverse. Entonces, él se sacó un teléfono móvil del bolsillo, mucho mayor y más avanzado tecnológicamente que el suyo; y ella, casi avergonzada, se metió el suyo de nuevo en el bolsillo del pantalón. El hombre pasó los dedos por la pantalla de su móvil y después, con expresión impasible, le ofreció el teléfono.

–No quiero ver nada –dijo ella. Porque ese hombre la estaba avasallando y nada de lo que le había dicho tenía sentido–. Quiero que se vaya. Ya.

–Mire la foto, por favor.

Pero no fue una petición. Ese hombre no debía de pedir nada jamás. Y tampoco le había prometido que la dejaría en paz aunque hiciera lo que le había ordenado.

Por lo tanto, Maggy no tenía ni idea de por qué agarró el móvil de él, asegurándose de no tocarle, ni de por qué sintió algo en el vientre al verle mirarla con aprobación.

Por fin, miró la pantalla del teléfono y se quedó helada.

Era la fotografía de una mujer.

La mujer estaba de pie en un lugar muy bonito en el que brillaban luces y había edificios de piedra, tenía vuelta la cabeza sobre un hombro desnudo y sonreía. Llevaba el cabello castaño recogido en un moño y un vestido negro que parecía salpicado de unos brillantes que hacían juego con los del collar que lucía alrededor del cuello.

Si no hubiera sabido que era imposible, habría dicho que se trataba de una fotografía suya.

–¿Qué es esto? –preguntó en un susurro, consciente de los latidos de su corazón y del nudo que se le había hecho en el estómago–. ¿Quién es?

El hombre que se encontraba delante de ella permaneció impasible. Pero algo en la forma en que la miraba hizo que la hiciera sentirse como si se hubiera apoderado de su mundo.

–Es Serena Santa Domini –respondió él con voz fría–, más conocida como Su Majestad la reina de

Santa Domini, que murió hace veinte años en un accidente automovilístico en Montenegro. Creo que era su madre.

Reza Argos, Su Real Majestad, rey de Constantines, no era un hombre sentimental.

Eso había sido la perdición de su padre. No iba a ser la suya.

En cualquier caso, no cabía duda de que él era un rey. Lo que significaba que, en su vida, no había cabida para el sentimentalismo; sobre todo, en un país como Constantines, en el que la gente valoraba un comportamiento correcto en todo momento y en el que las indiscreciones de su padre con su amante habían dado lugar a las habladurías, aunque nunca nadie había dicho nada al respecto en público. Como tampoco se había hablado del suicidio. Muy mal visto. Incidía en el pasado oscuro de Constantines y nadie quería eso.

Reza, por lo tanto, prefería centrar sus esfuerzos en el presente. Los trenes cumplían sus horarios, la gente pagaba sus impuestos y el ejército protegía las fronteras del país. El gobierno y él gobernaban con transparencia y en beneficio de los intereses de la mayoría. No estaba dispuesto a sucumbir al chantaje de una amante y no iba a arriesgar el bienestar del país por ello. No se parecía en nada a su padre. Y su país tampoco se parecía en nada al país vecino, Santa Domini, en guerra civil y con crisis económica durante los últimos treinta años.

Constantines era un país próspero independiente y neutral, y llevaba siéndolo durante cientos de años.

La rendición de su padre a los mandatos del corazón, seguido de lo que podría haberse convertido en una crisis institucional de no haber logrado parar el chantaje que podría haber destruido la nación, no contaba; sobre todo, ya que muy poca gente, al margen de la familia real y algunos ministros, eran conscientes del peligro que habían corrido.

Reza había conseguido mantener unido al diminuto país alpino desde su ascensión al trono a la temprana edad de veintitrés años, tras el fallecimiento de su padre anunciado como un repentino ataque al corazón, el último descendiente de la Casa de Argos. Constantines era un pequeño país formado por dos prístinos valles en los Alpes, los dos valles estaban unidos por un lago de aguas cristalinas rodeado de pueblos pintorescos, circundados por montañas de picos nevados y lujosos complejos de turismo de invierno. Una banca fuerte completaba la economía del país.

A los habitantes de Constantines les gustaba su país tal y como era; sin renegar del pasado, disfrutaban de las comodidades del presente. No obstante, les disgustaba enormemente el hecho de que su antiguo aliado y vecino, Santa Domini, hubiera sufrido un golpe militar cuando él era pequeño, que la mayor parte de la familia real de Santa Domini se hubiera tenido que exiliar y que una gran parte de la población intentara escapar al duro régimen militar.

A Reza no le importaba gran cosa que calificaran su reinado de «pedregoso» debido, principalmente, a la necesidad de pasar parte del tiempo solucionando los problemas de sus vecinos y también de solucionar los problemas creados por las actividades adúlteras de su padre, el chantaje que había estado a punto de llevar al país a la guerra civil, y el suicidio que había tenido que ocultar para evitar que lo demás saliera a la luz pública. También había tenido que manejar a su furiosa madre y a la horrible amante de su padre. Era una pena que solo un pequeño círculo de personas supiera lo mucho que todo eso le había costado.

Pero la situación había mejorado. En Santa Domini, el golpista, el general Estes, había muerto y el heredero a la corona había ocupado el trono, por lo que las circunstancias en toda la región se habían estabilizado.

Si la mujer que tenía delante era la presuntamente fallecida princesa Magdalena, como sospechaba que era, la situación cambiaba por completo.

Porque Reza y la princesa estaban prometidos desde el nacimiento de ella. Y aunque se enorgullecía de su capacidad para erradicar todo sentimentalismo de su vida, sospechaba que lo que su pueblo quería era un cuento de hadas que involucrara a la familia real.

Pero optó por no darle la buena nueva a su prometida de momento.

La mujer que tenía delante temblaba mientras contemplaba la fotografía en la pantalla del móvil.

La mujer que tenía delante era la futura reina de su país. La criatura que utilizaría para contentar a su gente y asegurar su reinado. Una criatura con las manos enrojecidas y la boca desdibujada en una mueca. Y supuso que tendría que arreglárselas como pudiera.

Ella alzó el rostro y volvió a clavarle unos ojos de color caramelo cuyas profundidades no podía adivinar como le habría gustado. Observó el curioso modo en que ella enderezaba sus frágiles hombros y alzaba la barbilla, como si quisiera desafiarle físicamente, como si creyera que podría vencerle en un cuerpo a cuerpo.

Reza no pudo evitar sentirse horrorizado ante la idea de que ella hubiera tenido que defenderse físicamente para protegerse. Estaba casi seguro de que ella era la desaparecida princesa de Santa Domini. «Su princesa». La prueba de ADN confirmaría lo que era obvio a simple vista.

–Yo no tengo madre –contestó ella sin deferencia alguna ni modales. Y Reza admiró su valor, a pesar de reprobar su actitud–. Y, si tuviera madre, estoy segura de que no sería la reina de ningún sitio.

Reza ignoró la contestación y se preguntó cómo lograría conferirle a aquella criatura teñida de rubio la dignidad necesaria para que apareciera a su lado en público.

Estaba claro que tenía la estructura ósea de una princesa. Dejando a un lado la inadecuada indumentaria, el cuestionable pelo y la actitud desabrida, toda ella era la personificación de la realeza de Santa Domini. Para empezar, estaban esos pómulos pronunciados. El dulce rostro ovalado y esos labios increíblemente exuberantes eran profundamente aristocráticos y, a la vez, sumamente carnales. Lejos de lucir una delgadez conseguida a base de ejercicio físico y dietas, como la mayoría de las mujeres de la aristocracia, la de ella era una delgadez hambrienta, pero también parecía orgullosa de las curvas que poseía; de lo contrario, no podía imaginarse ningún motivo por el que hubiera decidido llevar esos baratos pantalones dos tallas menos de la suya.

Lo que Reza no podía comprender era por qué parecía desearla.

Había sentido algo extraño desde el momento en que puso los pies en el café. Lo que era incomprensible. Tenía un gusto refinado, sus amantes eran mujeres de impecables modales, exquisita educación y, como era de esperar, auténticas bellezas.

La mujer con la que había pensado en casarse hasta diez días atrás, hasta el día en que vio la fotografía de la criatura que tenía delante, era la mujer perfecta para él: con linaje impecable, excelente educación y una perfecta carrera en el campo de las obras de beneficencia. Y nunca, nunca, su comportamiento había dado lugar a las habladurías.

La honorable Louisa había sido el fruto de una década de búsqueda para encontrar a la reina perfecta. Y ahora, Reza casi no entendía por qué estaba allí, al otro lado del Atlántico, separado de su pueblo y de la mujer con la que había tenido la intención de casarse, para encontrarse con esa mal vestida criatura que le había insultado de todas las maneras posibles.

Se sentía completamente ofendido.

—Quizá no me haya entendido. Hace diez días uno de mis empleados regresó de una expedición en la zona.

—¿Una expedición en la zona? En lenguaje llano... ¿quiere decir que volvió de un viaje?

Reza no recordaba cuándo había sido la última

vez que alguien le insultaba así. No obstante, hizo un esfuerzo y logró controlarse.

–Mi empleado, que había estado por aquí, había sacado fotos y, en el fondo de algunas, salía usted. El parecido con la reina Serena es innegable. Tras un par de llamadas, averiguamos que su nombre coincidía con el de la desaparecida princesa y que usted no tenía memoria de su pasado cuando la encontraron en la carretera tras el accidente. Demasiadas coincidencias.

De nuevo, ella alzó la barbilla y Reza no comprendió el motivo por el que sintió lo mismo que si ella le hubiera agarrado el miembro. Estaba horrorizado. Hasta esa noche, siempre había controlado el deseo. La pasión había sido la debilidad de su padre, no la suya.

–Yo no tengo un pasado misterioso –le dijo ella, y sus ojos de color caramelo brillaron–. El mundo está lleno de malos padres y niños perdidos. Yo soy una más.

–No lo es.

Ella se cruzó de brazos y mostró una beligerancia que le hizo parpadear.

–Vuelvo a la pregunta que le hice al principio –dijo ella, no educadamente–. ¿Quién demonios es usted y qué puede importarle que alguien que aparece en el fondo de una fotografía se parezca a una reina muerta?

Reza se enderezó y la miró de arriba abajo con la autoridad que le habían inculcado desde pequeño.

–Soy Leopoldo Maximillian Otto, rey de Constantines –le informó él–. Pero supongo que puede llamarme Reza, el apodo que me puso mi familia.

Ella lanzó un sonido duro, no una carcajada, al tiempo que le devolvía el móvil.

–No quiero llamarle de ninguna forma.

–Pues va a resultar difícil.

Reza agarró el móvil, consciente del esfuerzo que ella había hecho por evitar rozarle los dedos, como si tuviera una enfermedad contagiosa. ¡Cómo se atrevía esa mujer a tratarle así! Le hacía sentirse confuso y no le gustaba.

Pero eso no cambiaba nada. Y mucho menos lo que lograría de presentarse en su país con la desaparecida princesa de Santa Domini como su prometida.

La miró fijamente a los ojos y añadió:

–Porque, de una forma u otra, vas a ser mi esposa.

Capítulo 2

YA ENTIENDO –dijo Maggy al cabo de un momento. La palabra «esposa» le retumbaba en la cabeza como una resaca instantánea. Y, si sentía otras reacciones extrañas simultáneamente, fingió no notarlas–. Debe de estar trabajando para alguien. ¿Se trata de un programa de televisión, un juego?

Reza, igual que los otros seiscientos nombres que acababa de mencionar, eso sin contar con el título, parpadeó de indignación.

–Te aseguro que jamás he participado ni participaré en ningún juego, de ninguna clase –logró responder él como si pronunciar esas palabras le ofendiera, como si fuera un asalto al buen gusto. Después, se ajustó las mangas del abrigo y añadió–: Soy un rey, no un animal de circo.

Maggy descubrió que, a pesar de no haber visto jamás a un rey en persona y de no haber reflexionado nunca sobre el comportamiento de los monarcas, le creía. Creía que ese hombre rígido y consecuente era un rey.

–Tomaré nota, no se me volverá a ocurrir confundirte con un elefante bailarín.

–Te sugiero que compruebes lo que te he dicho

–declaró Reza, comportándose como si no la hubiera oído. Entonces, él le señaló la cadera, indicándole el teléfono que había vuelto a guardarse en el bolsillo trasero del pantalón–. Saca el móvil y busca una foto del rey de Constantines. Creo que descubrirás que tiene un extraordinario parecido conmigo.

Maggy prefirió no indagar en por qué la certidumbre que había oído en la voz de él la hizo temblar.

–No importa lo que aparezca en la pantalla –le informó ella haciendo un esfuerzo para evitar que le temblara la voz–. Por mí como si eres el rey del mundo. Yo lo que tengo que hacer es terminar del fregar el suelo y cerrar el establecimiento, lo que significa que será mejor que tus musculosos payasos y tú salgáis de aquí.

Al ver la expresión de fría indignación de Reza, se permitió una muy leve sonrisa irónica y añadió:

–Eres tú quien ha mencionado el circo, yo solo he añadido una imagen más.

–Una reacción extraordinaria –comentó él, aunque la expresión impasible de los ojos grises de Reza causó estragos en su estabilidad mental y física. La voz de ese hombre también la afectaba, parecía resonar en su interior. Era como si Reza estuviera dentro de ella, algo que prefería no imaginar–. Acabo de decirte que lo más seguro es que seas miembro de una de las familias de la realeza europea, que, con toda probabilidad, eres una princesa y que un día vas a ser reina. Mi reina, nada menos. Y a ti... ¿lo que te preocupa es este suelo?

–Lo que me preocupa es tener un lunático en el café –logró contestar Maggy esforzándose por mantener la calma. Porque, si se permitía sentir la tormenta que se estaba fraguando en su interior, acabaría cayendo al suelo–. Quiero que os vayáis.

Él se la quedó mirando un buen rato, obligándola a continuar esforzándose por no mostrar debilidad ni el hecho de que empezaba a tomarse en serio lo que le había dicho. No, no podía ser. ¿Princesas? ¿Reinas? Eso eran solo sueños de niñas. Fantasías.

Si de algo sabía era de la realidad. La dura, fría y cruel realidad.

–Muy bien –dijo él después de lo que pareció un siglo–. Si estás decidida a continuar con la desagradable tarea de fregar el suelo, no voy a ser yo quien te lo impida. Es perfectamente comprensible que no quieras que un brillante futuro te impida realizar las tareas menores del presente.

No era la primera vez que Maggy quería pegar a alguien; sobre todo a partir de los dieciocho años, cuando el sistema la sacó del programa de casas de acogida y se encontró sola en el mundo, rodeada de mala gente y en medio de situaciones en las que la violencia física parecía ser la única alternativa posible. A pesar de ello, había logrado sobrevivir. Pero nunca había deseado pegar a alguien tanto como a ese hombre.

No obstante, una mirada a los cuatro matones la hizo reflexionar.

–Te agradezco que me hayas dado permiso para continuar con mi trabajo –declaró Maggy con altanería–. Pero no olvides una cosa: aunque seas un rey, no eres mi rey.

Fascinada a pesar de sí misma, vio el movimiento

de un músculo de la mandíbula de ese hombre indicando lo imposible: que ella afectaba también a ese hombre de piedra y aires regios.

«Que ella le afectaba».

No había motivo para considerar ese hecho como una victoria, ya que no quería ganar nada. Fuera lo que fuese.

—Cenarás conmigo esta noche –le informó él con la autoridad de alguien acostumbrado a dar órdenes que debían ser obedecidas al instante.

Maggy lanzó una áspera y breve carcajada.

—No, no voy a cenar contigo, ni esta noche ni nunca.

Reza se limitó a mirarla y ella se dijo a sí misma que se estaba imaginando la sugerencia de pasión que veía en la dura expresión de él. ¡Qué imaginación, él era un rey!

Y sería mejor no olvidar que un hombre que proclamaba ser rey en un pequeño café era una auténtica complicación, por atractivo que fuera su semblante.

—En ese caso, no voy a moverme de donde estoy –le informó él tras unos tensos momentos.

Maggy sacudió la cabeza y se echó hacia atrás un mechón de pelo.

—No vas a lograr convencerme de esta ridícula historia. Sé que no es verdad. Las princesas no desaparecen sin motivo ni razón y acaban en casas de acogida, por mucho que a las niñas les guste soñar con esas cosas.

—Eso, hasta que no te hagan la prueba de ADN, no lo sabrás.

—¿Una prueba de ADN? ¿Es eso todo? Por encima de mi cadáver.

Entonces, Reza sonrió. Una sonrisa devastadora. Un hombre tan duro y rígido no tenía derecho a tanta belleza. Debería estar prohibido. Era injusto.

Maggy sintió la garganta seca. Partes de su cuerpo que llevaba tiempo ignorando le picaron y cosquillearon hasta hacerla sentirse sumamente incómoda.

«¡Oh, no!».

–Voy a decirte lo que vamos a hacer –dijo Reza con voz suave, como si supiera exactamente el calvario que ella estaba padeciendo, como si ello le complaciera–. Me vas a dar una muestra de sangre. Me acompañarás a cenar esta noche no solo porque deseo conocerte mejor, sino también porque, por tu aspecto, no pareces haber comido bien desde hace tiempo. El análisis de sangre confirmará lo que yo ya sé, confirmará que eres Su Alteza Real Magdalena de Santa Domini. A partir de ese momento, abandonarás esta precaria existencia, indigna de ti en muchos sentidos y un insulto a la sangre real que corre por tus venas. Y después, entre otras cosas, ocuparás el lugar que te corresponde en la corte de tu hermano y en la línea de sucesión al trono.

Maggy abrió la boca para protestar por el desdén con que él se había referido a su precaria existencia y por suponer que llevaba mucho tiempo sin comer bien, pero se mordió la lengua en el último momento.

Momento en el que el corazón pareció querer salírsele del pecho.

–¿Mi hermano?

Al instante, se dio cuenta de que se había traicionado a sí misma. Era imposible que ese hombre avasallador no hubiera notado en su voz hasta qué punto anhelaba una vida normal, tener una familia... La clase de vida que nunca había tenido y a la que había renunciado desde hacía mucho tiempo.

–Sí –contestó Reza ladeando la cabeza, aunque sin desviar la mirada de ella–, tu hermano. Es el rey de Santa Domini. Antes de su coronación, se le conocía como uno de los más distinguidos y escandalosos playboys del mundo. Supongo que, si has tenido en tus manos un periódico sensacionalista o una revista en los últimos veinte años, has tenido por fuerza que ver muchas cosas sobre él. Demasiadas, en mi opinión.

Sintió las manos dormidas. En cierto modo, pensó que era una reacción muy extraña.

–Cairo –susurró Maggy, que sí reconocía el nombre. Todo el mundo sabía quién era Cairo. Ella había visto su foto en todas las revistas del corazón durante años y años, ¿qué otra cosa se podía hacer que no fuera mirar las portadas de las revistas mientras se hacía cola en deprimentes supermercados de productos esenciales con descuento? Sí, claro que había visto en las portadas de esas revistas a la gente guapa haciendo cosas maravillosas en lugares exóticos–. Cairo Santa Domini.

Reza inclinó la cabeza.

–Sí, Cairo Santa Domini, tu hermano. Y, teniendo en cuenta que le vi en persona no hace mucho y que ahora te estoy viendo a ti, te aseguro que no hay duda alguna de que por vuestras venas corre la misma sangre.

Maggy sacudió la cabeza. Después, dio un paso atrás, pero se detuvo al ver que no podía retroceder más, acababa de toparse con uno de los guardaespaldas, el que estaba más cerca del mostrador.

–No.

No sabía qué era lo que estaba negando, lo cual formaba parte de esa locura. Lo único que sabía era que no debía perder la razón, sino aferrarse a lo que conocía y a lo que la había mantenido a flote y seguir adelante en la vida.

Pero la mirada de él era demasiado penetrante, demasiado aguda. Veía cosas que ella no quería que viera y que, no obstante, la hicieron estremecer.

–Esto es algo que no se puede ignorar, princesa –dijo Reza simplemente, aún con los ojos fijos en ella–. Yo tampoco voy a ignorarlo. Y puedes estar segura de que, si yo te he reconocido, no seré el único que lo haga.

–Creo que estás exagerando la cantidad de tiempo que la gente de tu mundo dedica a la gente del mío.

De nuevo, cuando los labios de Reza se arquearon, Maggy descubrió que no estaba preparada para semejante impacto. No podía racionalizarlo. Lo único que podía hacer era sentir la reacción de su propio cuerpo.

–Llegas demasiado tarde, décadas –le espetó ella, aunque no sabía por qué. Aunque... sí, sí lo sabía. Esas palabras habían salido del pozo oscuro que llevaba dentro de sí y que jamás se llenaba. Y, de repente, le resultó imposible contenerse–. Todas las niñas a los diez años sueñan con ser princesas; sobre todo, las niñas que viven en casas de acogida. Pero yo ya no soy una niña de diez años. Esta es mi vida. Es la vida que me he forjado, estoy contenta y aquí me quedo.

–De todos modos, ven a cenar conmigo esta noche –le ordenó Reza. Y algo en la forma en que él decía las cosas, como si fueran leyes en vez de sugerencias o peticiones, la hizo querer obedecerle. Tuvo que hacer un esfuerzo para no acercarse a él. Ella, con fama de ser incapaz de obedecer o prestar atención incluso a la gente que le pagaba por hacerlo–. Puedes considerarlo una cita.

Maggy se lo tomó a broma. Porque, por supuesto, ese hombre estaba bromeando. Nadie le pedía una cita. Tenía «Ni se te ocurra acercarte a mí» estampado en la frente, de ello no le cabía la menor duda.

Y las pocas veces que alguien había tenido el valor de pedirle una cita, no había sido un rey.

Aunque no había verificado que fuera quien decía ser.

–Prefiero morirme antes que salir contigo –le informó ella en un tono quizá excesivamente melodramático, aunque lo había dicho completamente en serio.

De nuevo, observó en él ese frío parpadeo de sorpresa, como si necesitara tiempo para asimilar las palabras de ella, a pesar de estar segura de que la había entendido perfectamente.

–¿Cuánto dinero ganas con este trabajo? –preguntó él.

–Preguntar eso es de mala educación. Y, además, no es asunto tuyo. Igual que todo lo demás que tiene que ver conmigo no es asunto tuyo. Uno no consigue conocer a una persona solo por el simple hecho de exigirlo o por pagar para que alguien investigue.

–Ese alguien son mis empleados.

–Si quieres conocer a una persona, lo mejor es preguntar con educación y esperar a ver si te contestan. Si no lo hacen, es posible que sea porque no quieren responder o porque tu pregunta es impertinente. O porque puedes dar miedo al aparecer con una colección de hombres armados y decir una serie de sandeces. O porque te niegas a marcharte por mucho que te lo pidan y al margen de quien seas. O, como es mi caso, por todo lo que acabo de decir.

Reza volvió a tensar la mandíbula.

–Considera la cena conmigo una cena de trabajo. Una entrevista para un puesto de trabajo, si lo prefieres.

–¿De qué puesto de trabajo estás hablando? ¿De otra más de tus amantes? Aunque estoy segura de que la competencia por ese trabajo debe de ser salvaje, paso. Me gusta que mis amantes estén sanos mentalmente.

Se dio cuenta de que había ido demasiado lejos. Reza se quedó muy, muy quieto. Clavó esos ojos grises en los suyos. A Maggy se le aceleró el pulso al máximo y tuvo que ordenarse a sí misma respirar.

–Ten mucho cuidado, Magdalena –le advirtió él con serenidad y dureza–. De momento, he tolerado tu impertinencia porque es evidente que no puedes evitarlo, dadas las circunstancias. Pero empiezas a ir demasiado lejos con la clase de insultos que no voy a tolerar. ¿Me has entendido?

Maggy entendía que ese hombre era mucho más amenazador de lo que debería, y eso que ella no se dejaba intimidar fácilmente. Se dijo a sí misma que no tenía importancia, que era inmune a ese hombre.

No obstante, no logró suprimir esa sensación salvaje que él había despertado en lo más profundo de su ser.

–No tienes que preocuparte sobre si tolerarme o no. Lo único que tienes que hacer es marcharte.

Reza respiró hondo. Ella se dio cuenta de que, a pesar de disimularlo, estaba furioso.

–Te he dicho lo que va a ocurrir, lo que vamos a hacer. No tengo por costumbre repetirme. Ni tampoco dejo de cumplir lo que he dicho que voy a hacer. Será mejor que lo tengas en cuenta.

Y Maggy pensó, con horror, que estaba a punto de estallar. Y, para colmo, que lo iba a hacer delante de él. Algo se estaba revolviendo en su interior, algo pesado y efervescente, y temió que le diera un ataque de nervios delante de ese hombre imperturbable y hacer el ridículo. Humillarse a sí misma.

No le conocía. No quería conocerle. Pero sabía, sin ninguna duda, que no podía demostrar debilidad delante de ese hombre; lo contrario la mataría.

–De acuerdo –respondió ella entre dientes, porque, cuando ya no le quedaban movimientos defensivos, solo podía atacar. Era una lección que había aprendido a golpes, como todo lo demás–. Cenaré contigo, pero solo si te marchas ahora mismo.

En el momento en que esas palabras escaparon de sus labios, se arrepintió de haberlas pronunciado.

Reza no sonrió ni cantó victoria. No permitió que sus labios se suavizaran. Sin embargo, el brillo plateado de sus ojos la golpeó de un modo imprevisto, inusitado.

Reza se limitó a inclinar la cabeza. Después, nombró el complejo turístico más elegante en un radio de cien kilómetros a la redonda y esperó a que ella asintiera.

–Sí –contestó Maggy mordiéndose los labios–, sé dónde está.

–Te espero allí dentro de una hora –le informó él.

«Espera sentado, idiota», pensó Maggy.

Pero forzó una sonrisa.

–De acuerdo, allí estaré.

–Y, si no apareces –dijo Reza con voz suave; aparentemente, leyéndole el pensamiento como si ella fuera un libro abierto–, iré a por ti. Sé dónde vives, sé dónde trabajas, sé qué coche tienes... si a eso se le puede llamar coche. Tengo a mi disposición un equipo de seguridad. Y como soberano de otra nación, a pesar de que mi viaje es privado, dispongo de inmunidad diplomática y puedo hacer lo que se me antoje. Así que te sugiero que consideres todo lo que te he dicho antes de intentar escapar.

Reza giró sobre sus talones antes de que a ella se le ocurriera una respuesta. Lo que fue una suerte, porque no se le ocurrió nada. Los guardaespaldas se pusieron en movimiento, le abrieron la puerta y le rodearon al salir del establecimiento y desaparecer en la oscuridad.

Sintió otra ráfaga de aire frío. La puerta se cerró tras ellos, la campanilla volvió a sonar.

Maggy respiró trabajosamente. Sonoramente. Y no conseguía mover las extremidades.

Con un esfuerzo, volvió a arrodillarse y se puso a frotar el suelo como si su vida dependiera de ello. Y esperó a terminar de fregar los suelos y recoger para sacarse el móvil del bolsillo otra vez.

Se quedó mirando la pantalla durante largo rato. Quizá demasiado. Por fin, se conectó a Internet y tecleó *rey de Constantines.*

Reza apareció. En las páginas de periódicos serios. Vio artículos sobre la infancia de él. Sus estudios en Cambridge. La coronación de Reza al morir su padre de un infarto y la guerra que evitó en su país durante los meses que siguieron. El mismo rostro duro. La misma expresión arrogante. Los mismos gestos mientras hablaba de la ley y del papel de la monarquía en el mundo moderno.

Sí, era él. Reza era quien había dicho ser.

Lo que significaba que ella también debía de ser quien él había dicho que era.

Esa vez, cuando se dejó caer de rodillas, no fue porque tuviera prisa por acabar de fregar el suelo.

Fue porque, por primera vez en su vida, después de aprender a ser todo lo dura que podía ser, se le habían doblado las rodillas.

Capítulo 3

CUANDO Maggy entró en el distinguido y elegante complejo turístico y balneario, todo madera noble y esplendoroso cristal a pocos kilómetros de Deanville, al pie de las montañas, había averiguado muchas cosas.

Después de cerrar el café, se había ido a su casa, se había sentado en la cama individual en su estrecha habitación con el teléfono delante de la cara y había aprendido muchas cosas sobre la familia real de Santa Domini. Y todo lo que había descubierto la había dejado mareada.

¿Podía ser verdad? ¿Iba a descubrir por fin cómo y por qué la habían dejado en la cuneta de una carretera veinte años atrás? ¿Sería posible que la respuesta se pareciera a las fantasías que había inventado de pequeña para explicar la falta de conocimiento sobre su pasado?

Durante la infancia, había gastado tiempo y energía tratando de explicarse a sí misma por qué había aparecido en esa carretera sin memoria del pasado. La posibilidad de ser una princesa a la que habían secuestrado había sido una de sus fantasías cuando aún le quedaba algo de esperanza; al fin y al cabo, era una explicación mucho mejor que la más probable:

que los adultos responsables de ella la habían abandonado porque no habían podido seguir cuidando de ella o porque se habían cansado de hacerlo. ¿Y los motivos por los que tales adultos habían tomado esa decisión? Podían ser muchos. Por ejemplo, adicción a las drogas. Una enfermedad mental. Pobreza... Teniendo como resultado una niña de ocho años en la cuneta de una carretera sin saber cómo ni por qué estaba allí.

Pero esa no era la historia que Maggy quería creer de pequeña. Ser princesa era mucho mejor.

–No albergues falsas esperanzas –se había dicho a sí misma en la pequeña habitación que ocupaba en la casa victoriana que había perdido ya su lustre.

Había visto fotos de la reina y del rey. Había evitado pensar en ellos como sus padres. También, haciendo acopio de valor, había investigado sobre la princesa que, supuestamente, había fallecido en un accidente automovilístico veinte años atrás. Había visto fotos de la niña, pero no se había reconocido a sí misma en ella. No había sentido nada especial. Había visto... una niña, simplemente eso.

Y después había examinado muchas fotos y artículos sobre Cairo Santa Domini. Durante una temporada había sido el miembro de una familia real europea más proclive a causar escándalos. Ahora, sin embargo, era el amado rey del país que había rescatado de una dictadura militar; una dictadura que había durado treinta años y que, después de diez años de su inicio, había provocado un accidente de coche en Montenegro con el fin de asesinar al rey. Pero no solo había muerto el rey, sino también el resto de los miembros de la familia real, a excepción de Cairo, que en aquel tiempo estaba interno en un colegio en Estados Unidos.

Posiblemente, era el único familiar suyo que quedaba vivo.

Posiblemente, después de toda la vida creyendo estar sola en el mundo, ahora tenía un hermano.

Maggy se había sentido casi enferma.

Había pensado en escapar, ir a cualquier parte, lo más lejos de Reza que le fuera posible.

Pero, al final, no lo había hecho. Se había puesto el único vestido que tenía que era medio pasable y, sin más esfuerzos por mejorar su apariencia, se había subido al coche y había conducido en dirección oeste hasta el lujoso complejo turístico. Había tenido que esperar unos minutos para salir del coche por lo mucho que le habían temblado las manos, pero eso solo lo sabían el volante de su coche y ella.

Maggy se enorgullecía de lo dura que los años la habían hecho, se enorgullecía de depender solo de sí misma. Lo que significaba que, sintiera lo que sintiese, no lloraba nunca. Por eso, había salido del coche y al demonio con el temblor de sus manos. Había querido respuestas a preguntas que había dejado de hacerse mucho tiempo atrás.

Una empleada del hotel con una tablilla para anotar y un walkie talkie la estaba esperando a la entrada del vestíbulo del rústico hotel y le sonrió como si la conociera de toda la vida, cosa que Maggy sabía con toda certeza que no era cierta.

–Sígame, por favor, señorita Strafford –le dijo la mujer con amabilidad. Quizá con demasiada amabilidad, pensó Maggy, tratándose de una perfecta desconocida–. El señor Argos la está esperando.

En otras circunstancias, Maggy habría hecho algunas preguntas; en primer lugar, habría querido saber cómo esa mujer sabía quién era nada más verla. Pero, pensándolo bien, le pareció que sería mejor no conocer la respuesta a esa pregunta. Y aunque no adolecía de falta de confianza en sí misma que le impidiera hacer frente a los impertinentes comentarios de un rey que se había presentado en su café sin que nadie le invitara, prefirió no poner a prueba su teoría, en un hotel de cinco estrellas, según la cual chicas como ella, pobres, solo eran invitadas para una cosa.

Así pues, siguió a la empleada, que la sacó del hotel y la condujo hasta un coche. Una vez acomodada en uno de los asientos, miró al cielo a través de la ventanilla mientras el automóvil se adentraba en las profundidades de la propiedad y cruzaba un bosque; después, tras subir hasta la ladera de una montaña, se detuvo.

Maggy vio la caseta de un guarda y las puertas de una valla. Oyó ruidos y gente hablando por micrófonos antes de que el coche se pusiera en marcha una vez más.

–Enseguida llegamos –dijo la empleada del hotel sin dejar de sonreír.

Maggy solía esforzarse por sonreír como una persona normal, pero era un ejercicio que aún no había logrado dominar; algo comprensible, dados los pocos motivos que tenía para hacerlo. Eso sí tenía motivos. La experiencia le había enseñado que lo mejor era evitar a las personas que querían confraternizar con ella. Le resultaba difícil sonreír, sentía como si le estuvieran estirando las mejillas.

Maggy sintió un gran alivio cuando la empleada del hotel volvió su atención al conductor del automóvil.

Poco a poco, se fijó en el camino que estaban recorriendo, un camino ascendente flanqueado por plantas de hoja perenne y fantasmagóricos abedules que acababa delante de una casa de madera y cristal. La casa se extendía por la ladera de la montaña como si estuviera allí por intervención divina en vez de ser el producto del trabajo de una empresa constructora.

No le sorprendió que aquel fuera el lugar en el que Reza se hospedaba.

Y, cuando entró en el vestíbulo de la casa, tampoco le sorprendió que un batallón de sirvientes la estuvieran esperando como si acabara de llegar al palacio de Buckingham.

Aunque, por supuesto, nunca había estado en el palacio de Buckingham. Pero, en el supermercado y durante años, había visto tantas fotos del palacio británico en las portadas de las revistas como de Cairo Santa Domini y sus aventuras.

Después de que se llevaran su abrigo y de que el personal uniformado la saludara una y mil veces, comenzaron su marcha hacia el interior de la casa.

Cada estancia que atravesaba era más impresionante que la anterior: una biblioteca con estanterías del suelo al techo llenas de libros, sillones de cuero oscuro y chimenea con troncos ardiendo; una estancia que, supuso, era una sala de juegos, con mesa de billar, mesa de ajedrez y muebles supuestamente repletos de juegos de mesa; un cuarto de estar grande con sofás, espesas alfombras y un ventanal que daba a una terraza con suelo de madera y vistas al valle; un cuarto de estar más pequeño e íntimo con amplios sillones, sofás y muebles empotrados que supuso que ocultaban un televisor y quizá también un equipo de música.

Por fin, tras lo que se le antojó kilómetros de recorrido, la llevaron a la última estancia. Era tan magnífica como las demás, con paredes de troncos de madera y enormes ventanales. Delante de una chimenea de piedra había una pequeña zona de estar, y en medio de la zona de estar había una mesa con servicio para dos personas.

Maggy se quedó contemplando la íntima escena y el corazón le latió con tal fuerza que se olvidó de recorrer con la mirada el resto de la estancia.

–No me digas que nunca habías visto una mesa con servicio para comer.

La voz de Reza era profunda y el tono ligeramente burlón. Cuando ella volvió la cabeza, le encontró al lado de un pequeño bar en el que, según se veía, se había preparado una bebida.

Reza Argos. Su Real Majestad, el rey de Constantines.

El corazón pareció querer salírsele del pecho. Sintió el pulso en todo su cuerpo; sobre todo, en las sienes y en el cuello, en las muñecas, en el sexo... Perdió la sensibilidad en las manos, pero no sabía si era por lo extraño de la situación o por él. Los ojos grises de Reza estaban clavados en ella, lo que empeoró su estado. Tenía miedo de pensar en el significado de todo aquello.

Se había sentido más segura en el café, cuando todavía creía que Reza era un hombre que estaba demente. Pero ahora sabía quién era él y eso la hacía perder el equilibrio.

–Enterraron a la princesa –declaró ella sin preámbulos.

Porque, si esperaba, tenía miedo de no atreverse a preguntar. De repente, tenía miedo de muchas cosas, todas ellas relacionadas con el duro rostro de ese hombre y sus elegantes manos. Y lo cierto era que quería cosas, y eso hizo que se le contrajera el pecho. Había llegado muy lejos y no por desear lo que no podía tener. Había aprendido la lección. No obstante, allí estaba.

–Junto a sus padres –continuó ella al ver que Reza, sin contestar, seguía mirándola fijamente–. No es posible que yo sea una persona cuyo cadáver fue identificado oficialmente y, a continuación, enterrado. No, nadie puede ser esa princesa, pero mucho menos una niña criada en casas de acogida al otro lado del Atlántico.

–Buenas tardes, Magdalena –dijo él en tono de reproche.

Algo en ella, dentro de ella, se movió. No obstante, se dijo a sí misma que no le importaba en absoluto ese algo que se había movido, que no debería sentir nada.

–Oh, perdón –respondió Maggy–. ¿Creías que venía por una cuestión de cortesía? En el café, me contaste un ridículo cuento de hadas. Si es la mentira que parece ser, me voy de aquí ahora mismo.

Reza agitó el líquido de color ámbar y la miró por encima del borde del vaso.

–Sí, encontraron un cadáver y dijeron que era el de la princesa; no obstante, quienes identificaron a todos los miembros de la familia real fueron los mismos militares que les arrebataron el trono. Pero, hasta la fecha, a excepción de algunos adeptos a teorías de la conspiración, nadie tenía motivos para poner en duda la palabra del general Estes.

–Y según esas teorías de la conspiración... ¿el rey y la reina también están vivos? –Maggy no hizo nada por disimular el tono cínico de su voz–. ¿Acaso están cubiertos con harapos vagabundeando por Topeka?

–¿Topeka? –repitió él sin comprender.

–Es una ciudad de Kansas.

Reza parpadeó. Muy despacio. Y ella comprendió que el gesto era deliberado. Era la forma que Reza tenía de demostrar desagrado. Y eso también la hizo sentir calor por dentro.

–Y Kansas es uno de vuestros estados, ¿no?

Maggy forzó una sonrisa.

–¿Necesitas que te dé clases de geografía?

Reza no llegó a suspirar. Pero pareció más alto e imponente. Llevaba un traje oscuro, completamente distinto a los trajes que había visto en los hombres hasta ese momento. Llamarlo «traje» era un insulto. Moldeaba su alto y sólido cuerpo y hacía imposible apartar los ojos de los duros músculos y contornos de su pecho.

–Sé que debo tratarte como a una criatura salvaje y extraviada –dijo él casi con humor, con voz tranquila y en tono ligero, aunque su gris mirada era dura–.

El instinto te dice que muerdas primero. Sin duda, es así como has logrado salir indemne tras semejante desventura.

La mirada de él la recorrió de la cabeza a los pies, desde el pasador que le recogía el cabello en un moño hasta los finos tacones negros, el calzado que le habían exigido que llevara el año anterior durante el corto periodo en el que había trabajado de camarera en un bar de cócteles. Reza volvió a alzar los ojos, fijándose en todos y cada uno de los detalles del ceñido y elástico vestido negro, lo que la hizo sentirse como si la estuviera desnudando con la mirada.

–Bueno, relativamente indemne –se corrigió Reza.

Y entonces lo que sintió fue un calor diferente. La forma en que la había mirado la hizo arder; después, el insulto fue como una bofetada. Tuvo que hacer un gran esfuerzo para no cerrar las manos en dos puños. No porque no quisiera pegarle, ya que quería hacerlo, sino porque no quería que Reza se diera cuenta de lo mucho que le afectaba.

No tenía ni idea de por qué sabía que eso la destruiría. Pero lo sabía. Y también que tenía que hacer lo posible por evitarlo.

–Dos cosas –logró decir ella, conteniéndose para no estallar y manteniendo la voz fría como la noche invernal que se adivinaba al otro lado de los cristales de los ventanales–. La primera, no soy un mapache. Y, aunque te sorprenda, no me gusta que me confundan con ese animal. La segunda es... ¿se da otro nombre a los insultos cuando quien insulta es un rey?

Reza apretó los labios y después, con un golpe, dejó el vaso en la barra del mueble bar. Luego, dio un par de pasos y se plantó delante de ella. Demasiado sólido. Demasiado alto. Demasiado cerca.

La miró de arriba abajo, la expresión de sus ojos era tormentosa, y Maggy no lo comprendió. ¿Por qué Reza se comportaba como si la situación fuera difícil para él cuando tenía muy poco que ver con él? Reza era un mensajero, nada más. Nadie se había deshecho de él.

«Tú no sabes quién eres», se recordó a sí misma.

Entonces... el mundo pareció detenerse.

Porque Reza alzó la mano y la tocó.

«La tocó».

Con suavidad, con ternura, le puso la mano en la mejilla.

Y todo cambió.

La palma de la mano de Reza estaba caliente. Le moldeó la mejilla mientras los dedos le rozaban el pelo para después tocarle la marca de nacimiento que tenía detrás de la oreja. Como si supiera dónde estaba. Y algo clausurado en ella se abrió. Nunca había sentido nada parecido. Fue un estallido que le recorrió el cuerpo. Se sintió temblar. Pero lo peor fue que se dio cuenta de que Reza también lo había sentido.

Se ordenó a sí misma apartarse de ese hombre. Pero no lo hizo. No podía.

Ella tenía los ojos desmesuradamente abiertos. Los de Reza eran demasiado grises.

—Un insulto es un insulto, lo diga quien lo diga —declaró Reza en voz baja.

Y a Maggy le pareció oír el eco de esa explosión imposible en la voz de Reza. Pero acabó segura de ello cuando él bajó la mano y se ajustó los puños de la camisa antes de añadir:

–Sin embargo, la mayoría de la gente, por venir de mí, se lo tomaría como un halago.

Maggy quería negar la fuerza de los latidos de su corazón. Quería negar también que la mancha en forma de corazón que tenía detrás de la oreja no le quemaba ahora que él la había tocado. Quería negar que temblaba y que se sentía ridículamente vulnerable. Y, por último, quería negar las lágrimas que amenazaban con aflorar en sus ojos.

Por todo ello, respiró muy hondo.

–Debe de estar bien ser rey –dijo Maggy; sorprendentemente, sin ironía. Como si se le hubiera olvidado hacerse la cínica–. Estoy segura de que nadie te dice que, o cambias de tono y actitud, o pierdes tu trabajo.

Los labios de él se arquearon en una sonrisa.

–Por supuesto que no. Nadie se atrevería a hacerlo.

Y, de repente, a Maggy no le importó mostrar debilidad. Necesitaba separarse de él. Necesitaba que las manos de Reza estuvieran lejos de ella porque, de lo contrario, no sabía qué acabaría haciendo con las suyas. Dio un paso atrás y le dio igual ver lo muy plateado que era el brillo que vio en los ojos de Reza.

–Ven –dijo él, y a ella no le gustó. No le gustó que la voz de Reza fuera tan profunda y cálida; tan cálida como si fuera parte del fuego que chisporroteaba en la chimenea de piedra.

«Vamos, contrólate», se ordenó a sí misma.

Reza la condujo hasta uno de los asientos de la

mesa, delante de la chimenea. Y, cuando apartó la silla para que ella se sentara, la situación se le antojó sumamente extraña. Quizá fuera porque aún sentía la sensación de la cálida mano de Reza en su piel.

Sin atreverse a mirarle, se sentó y dejó que él la rodeara, invadiera su espacio, mientras empujaba la silla hacia la mesa. Era un gesto muy anticuado, pensó mientras Reza se sentaba al otro lado de la mesa, frente a ella. No había motivo alguno que explicara lo... lo nerviosa que estaba.

Por absurdo que pareciera, se alegraba enormemente de que les separara una mesa.

Como si respondiera a una señal secreta, un instante después de que Reza se sentara, se abrieron las puertas de la estancia y más sirvientes uniformados les llevaron la cena. Mientras les servían, un hombre se acercó a ella. Vestía un traje oscuro, sonreía y llevaba en la mano lo que parecían instrumentos médicos.

—Permítame una muestra de sangre, señorita Strafford —murmuró el hombre, pero con los ojos fijos en el rey.

Maggy, al instante, clavó los ojos en los de Reza. Demasiado frío gris en la mirada que él le devolvió, sin sonreír.

—¿Quieres confirmar lo que me temo que ya sospechas? Yo no tengo ninguna duda. Pero esta es la única forma de estar seguros.

La pregunta se hizo eco dentro de ella, golpeándola con fuerza.

¿Quería saberlo? Reza le había ofrecido un cuento de hadas que explicaba su existencia. Lo había hecho aquella misma tarde, apenas unas horas antes. Pero ella llevaba elaborando sus propias fantasías y sus propios cuentos de hadas desde hacía veinte años.

«¿Quieres saberlo?».

Maggy se contestó a sí misma que quería confirmar el hecho de no ser Magdalena Santa Domini, que el único motivo por el que estaba allí era para demostrar a Reza que se había equivocado. Estar allí no tenía nada que ver con el vacío que sentía dentro de sí, ese grito ahogado que se negaba a escapar de su garganta; no tenía nada que ver con la niña perdida a la que habían tratado siempre como si fuera basura y que llevaba toda la vida anhelando pertenecer a una familia.

Se dijo a sí misma que no era una princesa de un cuento de hadas. Que ya había dejado de soñar con esas cosas. Que debía aceptar la realidad y que hacía mucho que había dejado de llorar por las noches por el hecho de que sus sueños no se habían convertido en realidad.

Se dijo a sí misma que aquella niña había desaparecido muchos años atrás. El aquí y ahora era lo único que importaba, la niña abandonada y soñadora era peligrosa.

Maggy, que había apartado los ojos de los de Reza, continuó negándose a mirarle. Entonces, ignorando la voz interior que le aconsejaba no aceptar hacerse la prueba de sangre, fuera el que fuese el resultado, extendió el brazo y dejó que el hombre del traje oscuro le sacara sangre con la misma rapidez y eficiencia que los camareros habían servido y presentado la comida.

Ya estaba hecho, pensó mientras el hombre recogía el instrumental, hacía una reverencia al rey y se marchaba. Pronto tendría la respuesta a la pregunta, tanto si le gustaba como si no.

–¿Cuándo tendremos los resultados? –preguntó ella, a pesar de no querer decir nada.

–Dentro de poco –Reza continuaba mirándola, Maggy lo sentía. Entretanto, ella continuaba con los ojos fijos en el pesado tenedor de plata... No, en uno de los muchos tenedores de plata–. He hecho que instalaran un pequeño laboratorio en el solárium.

Cosa que a Maggy no le sorprendió.

–Sí, no me extraña nada que lo hayas hecho.

Maggy miró el plato que le sirvieron en ese momento, no estaba segura de qué era ni tampoco de si podría comer.

Se dijo a sí misma que era porque, tres segundos antes de ponerse a cenar, le habían clavado una aguja. Pero no, no logró engañarse a sí misma. Se sentía... se sentía como si no fuera ella, como si el mundo estuviera del revés. Se sentía más vulnerable que nunca delante de un hombre que, al igual que ella misma, no sabía quién era realmente.

Y se sintió peor aún cuando los camareros se retiraron y Reza y ella se quedaron solos en la pequeña estancia que parecía encoger por momentos.

–Es un paté casero –murmuró Reza con educada frialdad, como si estuviera hablando del tiempo–. Supongo que será de esta zona.

Maggy, con los ojos fijos en el plato, parpadeó; después, miró a Reza. Y antes de abrir la boca se dio cuenta de que no debía hablar, que no se sentía ella misma, que no se sentía normal. Pero eso no le impidió decir:

–No le veo el sentido a esto. Dijiste que querías conocerme, cosa que ambos sabemos que no es verdad. Tú no quieres conocerme. Lo de la princesa desaparecida es pura fantasía. Y yo no he accedido a comer... –Maggy arrugó la nariz–. No he accedido a comer esto, sea lo que sea.

–Estoy seguro de que tu paladar es mucho más refinado.

–Mi paladar se reduce a patatas fritas y cerveza –le espetó ella, a pesar de no ser verdad. También le gustaba la pasta–. ¿Diluye eso la sangre real? De ser así, me temo que no vas a obtener la respuesta que quieres.

Maggy tuvo la impresión de que él estaba apretando los dientes, aunque no le era posible comprobarlo. Pero sí veía tenso un músculo de la mandíbula de Reza, lo que le hizo fijarse una vez más en la perfección de su rostro.

Sin embargo, cuando Reza habló, lo hizo con voz suave, con calma.

–He notado que ya pareces reconocer que soy el rey que he dicho ser y que tú también puedes ser Magdalena Santa Domini.

Maggy se encogió de hombros.

–O eres el rey de Constantines o eres un consumado actor –respondió ella–. Sin embargo, no creo que un actor se hubiera tomado la molestia, ni hubiera gastado tanto dinero en alquilar este lugar solo con el fin de engañar a una pobre camarera de un café –Maggy reflexionó unos momentos antes de

añadir–: No veo por qué nadie iba a querer engañarme de esta manera.

De nuevo, observó esa mezcla de irritación y sorpresa en el semblante de él.

–Mis antepasados se alegrarían mucho de saber
que a uno de los hijos de la Casa de Argos no le han
confundido con un actor ambulante.

Maggy se sintió como si estuviera sentada sobre
arenas movedizas.

–No quiero hablar de los patés de la zona, ni de
mi ropa ni de los animales salvajes –logró decir ella
con la misma voz tensa, pero quizá con menos preci-
sión–. Has dicho muchas cosas en el café.

–Sí, así es.

–¿Qué pasará si...?

–Haz el favor de mirarme a mí al hablar, no al
plato.

Maggy alzó los ojos y estos se clavaron en los de
Reza por voluntad propia, como si ella no hubiera
tenido nada que ver con ello, ya que sabía que ella,
por sí sola, nunca habría obedecido semejante orden;
sobre todo, cuando se encontró perdida en aquella
inmensidad gris que la envolvía como si nada más
existiera.

Y no se podía creer que fuera a hacer semejante
pregunta.

–¿Qué pasará si los análisis de sangre corroboran
tus sospechas respecto a mis orígenes? –preguntó
Maggy sin poder evitarlo.

De nuevo, vio una intensa satisfacción en la expresión de Reza. Parecía haber aumentado en tamaño. Parecía más duro. Parecía más peligroso de lo

que ella creía que un rey podía ser; sobre todo, teniendo en cuenta que Reza no estaba haciendo nada, que no se había movido, que seguía al otro lado del jarrón de flores y los dos candelabros que adornaban la mesa.

–Una vez que se haya comprobado tu identidad, la cuestión es cuándo hacerlo público.

–Te referirás a Cairo Santa Domini, ¿no? –Maggy frunció el ceño al ver que Reza no respondía, aunque seguía mirándola fijamente–. Tendrá que ser él el primero en saberlo... si resulta que somos... que somos hermanos.

–Por supuesto –respondió Reza tras unos momentos, pero Maggy no sabía si creerle o no–. Pero debemos encargarnos de algún asunto que otro antes de que te veas expuesta a la publicidad que sigue a tu hermano adondequiera que vaya.

A Maggy, en esos momentos, lo de la publicidad no le importaba en absoluto. Suponía que Reza había hablado en sentido figurado, aunque no estaba segura. Cairo Santa Domini era un rey y, por lo tanto, cabía esperar que despertara el interés del público.

Fue la otra parte lo que le interesó.

–¿Asuntos? ¿Qué asuntos?

Reza se recostó en el respaldo del asiento y la miró detenidamente. Ella se distrajo clavando los ojos en el antebrazo de Reza, que descansaba sobre la mesa, fuerte, duro y excesivamente viril.

–No quiero insultarte, Magdalena.

–Maggy –le corrigió ella, pero sin la vehemencia de la que debería haber hecho gala; principalmente, porque... porque le gustaba cómo pronunciaba Reza esa versión de su nombre. O, en realidad, cualquier versión.

«Idiota».

Reza no pareció haberla oído.

—La cuestión es que los últimos veinte años no los has vivido en una situación... óptima.

—Se me ocurren un sinfín de calificativos diferentes para designar mi situación —Maggy lanzó una breve carcajada—. Ninguno de ellos agradables al oído.

Reza inclinó la cabeza de una forma que la hizo desear gritar. Y también extender la mano para tocarle.

Evidentemente, no lo hizo. Porque eso sería una locura.

—Se te va a someter a un intenso examen. La publicidad que ha seguido a tu hermano a lo largo de los años va a parecer algo insignificante en comparación. No se puede subestimar la atención que va a acaparar una historia como la tuya.

Maggy forzó una sonrisa.

—A todo el mundo le gustan las princesas.

—Esa es precisamente la cuestión —los duros labios de Reza se curvaron ligeramente y Maggy tuvo la impresión de que estaba haciendo un esfuerzo por ser amable—. Las princesas no gustan a todo el mundo; sobre todo, las princesas desaparecidas que, de repente, vuelven a aparecer y reclaman sus privilegios. Y aquellos a quienes no les gustan las princesas que vuelven a aparecer después de años durante los que se las creía muertas, la atacarán de todas las maneras posibles. La prensa te va a destrozar. Utilizarán cualquier excusa para ponerte en evidencia.

–¿Por qué?

–Porque pueden –respondió Reza con pragma-
tismo–. Porque hay paparazzi que viven para destrozar la reputación de cualquier persona que se cruza
en su camino. Porque vende –Reza se encogió de
hombros–. Lo mires como lo mires, intentarán mani-
pular a la opinión pública.

Maggy tragó saliva.

–No sé si te has dado cuenta de que no me estás
animando mucho.

Al ir a agarrar la copa de agua notó con horror
que le temblaba la mano una vez más. La dejó caer
en su regazo y frunció el ceño cuando Reza le sirvió
vino y empujó la copa hacia ella. El vino no iba a
ayudar en semejante situación, iba a nublarle el sentido y a complicar las cosas.

Además, el vino le afectaba mucho.

–No tengas miedo –dijo Reza–. Tú dispones de un
arma secreta que te va a facilitar mucho las cosas.

Esa vez, a Maggy le resultó más fácil sonreír.

–¿Te refieres a mi capacidad para la ironía? ¿O
acaso estás pensando en mi encanto natural? Ambas
cosas son buenas armas.

Los ojos grises de Reza brillaron.

–Me refiero a mí.

Capítulo 4

TÚ –dijo Maggy sin dejarse impresionar, como de costumbre. Lo que habría mellado la confianza que tenía en sí mismo de no ser porque eso no le ocurría jamás. Él era el rey de Constantines. Había aprendido de los errores de su padre y había evitado el derrumbamiento de su país y una guerra. La seguridad en sí mismo era inquebrantable–. Tú eres mi arma secreta.

–No es necesario que me lo agradezcas –comentó Reza irónicamente–. Una de mis obligaciones como regente es ayudar a una princesa desaparecida cuando lo necesita.

Los cautivadores ojos de ella empequeñecieron.

–Vamos a ver... Organizas el rescate de una princesa y viajas por todo el mundo; en tus viajes, coleccionas princesas perdidas y los sábados montas eventos para que las adopten.

A Reza le sorprendió estar prestando tanta atención a la boca de ella, y no solo por las ridiculeces que salían de ella. Se ordenó a sí mismo alzar los ojos y fijarlos en los de Magdalena.

–Los seres abandonados siempre se me han dado bien, Magdalena –dijo él en voz baja, fijándose en la piel erizada del cuello de ella–. La cuestión es dejar claras un par de cosas.

–Espera, ya lo sé –los ojos de ella lanzaron chispas demasiado oscuras para ser simplemente irritación–. Tiene que ver con que eres un poderoso rey. Y también tiene que ver con que eres un muy, muy poderoso rey.

Sin saber por qué, las palabras de Magdalena, en vez de provocar su ira, como habría ocurrido tratándose de cualquier otra persona, estuvieron a punto de hacerle reír. No sabía qué era lo que más le sorprendía, si el comportamiento de ella o el suyo propio. O, quizás, las dos cosas.

–La primera, que por fin están a salvo –dijo Reza, ignorando el comentario de ella, ya que consideró que era lo mejor–. La segunda, que es mucho mejor tenerme como aliado que como enemigo.

–No me cabe duda de que eso está muy bien tratándose de perros callejeros –murmuró Maggy, con su acostumbrada falta de respeto.

Y, sentados como estaban a ambos lados de la mesa con Maggy mirándole como si esperara un ataque en cualquier momento, se le ocurrió que no estaba acostumbrado a tratar con mujeres cuando no sabía de antemano el resultado.

Ese tipo de cosas no le habían ocurrido jamás, ni siquiera durante la época de sus estudios en Cambridge, cuando su padre aún reinaba y él había creído disfrutar de algo más de libertad. Incluso en aquellos tiempos los guardaespaldas le habían seguido a todas partes y no habían permitido que nadie se acercara a él sin permiso; sobre todo, las mujeres con las que quería salir. E incluso entonces había sido demasiado consciente de sus responsabilidades.

A la espera de ocupar el trono, como hijo de un monarca que no había respetado las reglas del juego y, como consecuencia de ello, se había expuesto a los chantajes, Reza no había podido salir con chicas. Durante los años previos a empezar a buscar en serio a una mujer a quien pudiera hacer reina, había tenido que recurrir a otros medios para mantener relaciones con mujeres: nada de encuentros fortuitos en un bar, nada de amigas de amigos. Sus consejeros le presentaban extensos archivos con todo tipo de detalles respecto a las mujeres dignas de su atención. Él los examinaba cuando le apetecía hasta que encontraba a alguna mujer que le atraía. Cuando eso ocurría, se organizaban encuentros en privado; normalmente, cenas como la de esa noche, u otras acompañados de amigos leales y discretos.

Las mujeres en cuestión tenían tiempo de sobra para rechazar la invitación antes de encontrarse con él. No solían hacerlo, por supuesto, aunque a veces ocurría.

Reza era una figura pública; para él, su país era lo primero. A algunas mujeres no les gustaban las jaulas de oro, algo perfectamente comprensible.

Las que sí aceptaban sus invitaciones, se reunían con él en lugares como ese hotel y, tras coqueteos incipientes, se entregaban a él.

Sin embargo, esa princesa desaparecida era de otro calibre. Hasta el momento había ignorado las referencias que él había hecho a estar prometidos desde hacía años, también había dejado claro que no le impresionaban ni su posición ni su corona. Asombroso. Y el suspense de lo que pudiera ocurrir allí le provocaba... inquietud.

Maggy no parecía ni remotamente intimidada, a pesar de haber descubierto quién era él. Lo que despertaba su curiosidad. La verdad era que había esperado un cambio de actitud por parte de ella, había esperado que se mostrara más obsequiosa, como ocurría con el resto de la gente con la que trataba. Por el contrario, esa mujer era la única persona que le había insultado directamente, cuando él había supuesto que sería todo lo contrario, que ella estaría dispuesta a suavizar su actitud después de conocer su identidad.

El hecho de que a Magdalena no pareciera importarle lo que pensara de ella se le antojó como una ardiente caricia por todo su cuerpo.

Lo que no era aceptable. En absoluto.

—¿Qué es lo que quieres exactamente de mí? —preguntó ella, sacándole de su ensimismamiento.

Y durante unos instantes, Reza se sintió simplemente un hombre. No un rey. Una sensación completamente nueva en su experiencia, más propia de su padre.

«Soy tan hombre como rey», le había dicho su padre.

Y ahora, a él también le ocurría. En esos momentos, lo que más le interesaba era esa exuberante boca y lo que podía hacer con ella.

¡No! No eran el momento ni el lugar. Esos pensamientos no eran propios de él.

Pero su cuerpo no parecía estar prestando demasiada atención a su fría y lógica razón. La deseaba.

La deseaba.

No como la reina que le habían prometido desde su nacimiento, aunque también quería eso. Pero la deseaba como un hombre a una mujer.

Reza no tenía ni idea de qué hacer.

–Porque debo decirte que, por gracioso que sea que me comparen con un animal rescatado, es posible que diga que no quiero que me rescate nadie. Que no quiero hacer lo que se supone que debo hacer, sea lo que sea –dijo Maggy, ignorando, afortunadamente, lo que a él le estaba ocurriendo.

Reza sintió un gran alivio cuando las puertas volvieron a abrirse y sus empleados entraron para retirar los primeros platos y sustituirlos por otros.

Se ordenó a sí mismo recuperar la compostura y, por primera vez en toda una vida dedicada a cumplir con su deber y a no perder la calma al margen de las circunstancias, no supo si lo lograría o no.

¿Qué demonios le estaba ocurriendo? ¿Acaso su herencia genética le había predispuesto a cometer los mismos errores que su padre? No, no iba a permitirlo. No podía.

Al no oír la puerta cerrarse, Reza alzó los ojos y vio a su secretario en el umbral. Una sensación de triunfo le sobrecogió. Sabía que solo era una formalidad. Estaba seguro de ello.

–¿Tiene los resultados? –le preguntó a su secretario.

Notó la tensión de Maggy al verla clavar los ojos en el plato y reposar las manos en el regazo. Estaba seguro de que, si miraba por debajo de la mesa, vería las manos de ella cerradas en dos puños. Sin embargo, continuó observando a su secretario.

–Positivo, señor –respondió el hombre, confirmando

lo que él ya sabía desde que vio la foto de Maggy diez días atrás.

Asintió a modo de agradecimiento y como forma de despedir a su secretario. La sangre le hervía en las venas, le resultaba difícil concentrarse y no comprendía por qué. Era la primera vez en su vida que se sentía así.

No obstante, consiguió mantener la calma al hablar, lo que le resultó más difícil de lo que debería.

—Felicidades, princesa.

Esperó a que ella dijera algo, pero no ocurrió así. Observó la elegante forma del cuello de ella que ningún vestido negro barato podía ensombrecer. Esa mujer iba a ser su reina. Todo él, rey y hombre, aunque nunca los había diferenciado, se regocijó.

—Tal y como era de esperar y más allá de toda duda, eres Magdalena de Santa Domini.

Naturalmente, aquella mujer no dio saltos de alegría. Ni se permitió sonreír. Ni siquiera pareció reaccionar tras una noticia que, en sus circunstancias, podía ser equiparable a algo mágico o a que le tocara la lotería. Solo la vio respirar hondo, algo más pronunciadamente que hasta ese momento.

Cuando ella alzó la cabeza, no vio alegría en su encantador rostro. Ni siquiera una expresión de victoria o alivio. Sus ojos de color caramelo no brillaban.

Reza la encontraba fascinante. Y ese era el problema. No era la primera mujer a la que deseaba, pero las mujeres con las que había tenido relaciones se habían dedicado completamente a él e, inevitablemente, después de un tiempo había perdido interés en ellas. Por eso, no sabía cómo afrontar la situación en la que se encontraba. Su prometida estaba tan entusiasmada con él como con la mesa a la que estaban sentados y no hacía nada por disimularlo.

Apenas pudo contenerse para no sacudir la cabeza con el fin de aclararse las ideas.

–¿Y si han cometido una equivocación con los análisis? –preguntó ella.

–No ha habido ninguna equivocación –le informó él. Le resultó más fácil hablar de hechos concretos que preguntarse a sí mismo lo que le estaba pasando o cuestionar lo que estaba sintiendo–. Por motivos de seguridad, a todos los miembros de las familias reales se les hacen análisis y se guardan muestras de su sangre. Nunca se sabe cuándo ni en qué circunstancias se puede cuestionar la identidad o la paternidad de alguien. Se sacó una muestra de tu sangre, que fue entregada a mi familia, cuando nos prometieron después de que nacieras. La sangre que te han sacado esta noche es la misma.

Reza contempló la orgullosa e intensa expresión de ella y añadió:

–No hay error posible.

Atraído hacia ella de un modo que no comprendía, la vio alzar una mano y tocarse detrás de la oreja.

De nuevo, esperó alguna reacción por parte de ella. De nuevo, se vio decepcionado.

Maggy tragó saliva. Pero, cuando habló, lo hizo con suavidad.

–¿Qué va a pasar ahora?

Reza necesitaba controlarse, aunque solo fuera porque era inadmisible que el rey de Constantines perdiera la compostura delante de nadie.

–En primer lugar, debes aparentar lo que eres –respondió él haciendo un esfuerzo por centrarse en las cosas prácticas.

Debía superar esa especie de locura que le había poseído y le había convertido en una persona a la que no reconocía. Él siempre había sabido quién era, lo que se esperaba de él, y jamás se había desviado de su camino. Sobre todo, después del terrible ejemplo de su padre en lo referente a las relaciones carnales.

No le gustaba la incertidumbre. De hecho, le horrorizaba. Profundamente.

Los inescrutables ojos de Maggy estaban clavados en él.

–Ya me has dicho que soy igual que la difunta reina. Problema solucionado.

A Reza no le pasó desapercibido que ella no se refiriera a la reina Serena como a su madre, pero prefirió ignorarlo.

–Me temo que los paparazzi no se van a fijar en tu estructura ósea.

–Ah, ya –la mirada de color caramelo de ella se tornó hostil, pero eso no le sorprendió–. Has hecho todo lo posible por no decir que no parezco una princesa. Lo más probable es que parezca una pobretona que ha tenido que trabajar de sol a sol para conseguir lo que tiene, por mucho que su mal aspecto desagrade a un rey de visita. Pero... ¿sabes una cosa? Esa soy yo.

Reza no llegó a lanzar un suspiro.

–No creo haber pronunciado la palabra «pobretona» –le informó él–. Y mucho menos emplearía ese término al referirme a la persona con la que, por contrato, voy a contraer matrimonio.

–No sé por qué no –le espetó ella.

De nuevo, Magdalena había obviado lo del matrimonio. Eso también le resultó fascinante. Lo que no sabía era si se debía a que estaba interesado en lo que ella trataba de ignorar o a si le había herido ligeramente el orgullo que esa mujer fuera la única persona a la que, aparentemente, la idea de casarse con él no la hacía lanzar gritos de alegría. Tenía la vaga sospecha de que era esto último; sobre todo, cuando Maggy, con dureza, añadió:

–En el café, no te mostraste tan considerado. Vamos, di lo que piensas, no me va a afectar. Te desafío a que enumeres todos mis defectos visibles.

Reza no estaba acostumbrado a que le retaran. Y, desde luego, no estaba acostumbrado a que lo hiciera alguien que debería encontrar su mera presencia un milagro. Se merecía gratitud, pero era mejor dejarlo. Sí, ahí se notaba que le habían herido el amor propio, la arrogancia con la que había nacido. Era consciente de que poseía amor propio y arrogancia en abundancia. Lo que no era propio de él, y no le gustaba, era esa cosa oscura e incontrolable que no podía identificar y que se agrandaba por momentos en lo más profundo de su ser. Era como si delante de esa mujer él solo fuera un simple hombre.

Y no sabía si era algo imperdonable o fascinante.

No obstante, respondió al desafío.

–Ese tinte de pelo no te sienta bien –le informó él–. También está la cuestión de la ropa, tienes que vestir tal y como se espera de ti. Tendrán que darte clases de etiqueta, tienes que comportarte como una princesa. Quizá no te viniera mal pasar unos días en un lugar con spa, te ayudaría a perder ese aire de agotada desesperación.

–Tendrá que ser un spa muy especial para erradicar veinte años de pobreza y soledad –respondió ella–. ¿No crees que un simple masaje podría arreglarlo? ¿O te parece que necesitaré algo de más peso para quitarme el tufo de pobretona?

–Me has pedido que dijera estas cosas y eso es lo que he hecho, creía que podrías soportarlo. Eso es lo que has dicho, ¿no?

–Y lo soporto, pero yo soy así. No te he dicho que iba a mantener la boca cerrada –Maggy apretó los labios momentáneamente–. De todos modos, nunca me han interesado las apariencias. Puede que te resulte difícil comprenderlo, pero no soy la única que piensa así.

–Eso está muy bien tratándose de la camarera de un café en un lugar perdido en las montañas –Reza se encogió de hombros–, pero ya no estamos hablando de esa mujer. Estamos hablando de una princesa que tras años de que la creyeran muerta va a aparecer y que va a tener que someterse a un intenso escrutinio público.

–Estamos hablando de mí, no de una princesa cualquiera. De mí –Maggy sacudió la cabeza–. Y ya que tanto te interesa, deja que te diga una cosa: no puedes ignorar los últimos veinte años de mi vida, digan lo que digan los análisis de sangre. Yo, desde luego, no puedo.

–¿Quieres que te pongan en evidencia? ¿Quieres que se rían de ti? –preguntó él con voz queda–. ¿Crees que no te va a afectar que los medios de comunicación te tachen de criatura asilvestrada más propia de una selva que de un palacio?

En la expresión de Maggy vio que se sentía atacada, como si hubiera recibido un navajazo en la yugular.

–Es la realidad y hay que tener todas estas cosas en cuenta. Quien eres carece de importancia, lo importante es la impresión que das –Reza, con un movimiento de la mano, indicó el vestido que ella llevaba. Un vestido barato que se ceñía a su cuerpo de un modo que haría palidecer de horror a su muy correcta madre. Sin embargo, como hombre, apreciaba cómo ese elástico tejido negro abrazaba su cuerpo, lo apreciaba más de lo que estaba dispuesto a admitir–. Simplemente, no puedes ponerte cualquier ropa vieja y presentarte así en público.

–Este es el único vestido que tengo –declaró ella con voz gélida–. Si te ofende, te pido disculpas por ello. De haber sabido con antelación que iba a cenar con un rey habría ido a comprarme algo.

–No es mi intención insultarte –dijo Reza–. Solo estoy intentando prepararte para lo que te espera. Habrá que organizar cuidadosamente tus apariciones en público, ya que vas a dejar de ser una ciudadana más. Vas a representar a la corona.

–Pobre corona, representada por una pobretona con un barato vestido negro. Sí, pobre corona. ¿No crees que voy a ensuciarla?

Algo dentro de sí se removió, sorprendiéndole.

–¿Crees que eres la única que considera absurdas estas cosas? –le espetó Reza, perplejo por el repentino ataque de cólera que sentía y que debería haberle hecho callar. Pero no fue así–. ¿Incluso insultantes? Te aseguro que no es así. Pero hay cosas más importantes que nuestros propios sentimientos.

–Hasta el momento, cualquier cosa parece más importante que lo que yo pueda sentir –dijo Maggy en voz baja.

–Por supuesto, podrías ser la clase de miembro de la realeza a la que los medios de comunicación adoran por motivos diferentes –declaró Reza en tono serio–. Hay unas cuantas casquivanas de sangre azul que se pasan la vida entre los clubes nocturnos españoles y las fiestas escandalosas en Berlín. En las playas doradas de la Costa Azul se encuentran oscuras y desesperadas sombras donde muchas herederas se pierden a la vista de todo el mundo. Por supuesto, si es eso lo que quieres... No serías la única princesa que prefiere las fiestas al trabajo.

–Sí, mi meta en la vida es ser una prostituta internacional. Un considerable ascenso en la escala social.

El calor del ambiente, eléctrico e imposible, aumentó. Reza no quería imaginarse a esa mujer en el papel de prostituta, internacional o no. Quizá la verdad fuera, ahora que ella lo había mencionado, que le gustaría descender a esas profundidades con ella. ¿En qué le convertía eso?

–La elección es tuya –dijo él con gravedad y aspereza–. Personalmente, me inclino por algo más respetable; normal, teniendo en cuenta que soy el regente de Constantines desde que tenía veintitrés años. No he tenido tiempo para hacerme famoso por ningún otro motivo.

Maggy entrelazó las manos encima de sus piernas y Reza sospechó que lo hacía para contener su temblor. De ser así, se preguntó si se debía a la ira o a otra emoción... Quizá un débil eco de lo que él estaba sintiendo, de lo que le estaba causando una extraordinaria conmoción.

Maggy se enderezó en el asiento y él se preguntó si era consciente del aspecto tan regio que presentaba, como si sus huesos hubieran reclamado su verdadera identidad.

–Pero nada de lo que me estás diciendo tiene que ver conmigo realmente –dijo ella después de reflexionar. Aún le sostenía la mirada y él vio en los ojos de esa mujer que el desafío seguía ahí. También lo vio en la arrogancia con que levantaba la barbilla–. No has venido hasta aquí, con laboratorio incluido, solo porque estabas preocupado por mí. No, lo has hecho persiguiendo tus propios intereses.

–Perdona, ¿qué has dicho?

Ese tono de voz en concreto solía poner punto final a las conversaciones y era seguido de un sinfín de disculpas. Maggy, al parecer, no lo había oído y lo respetaba mucho menos. Se lo quedó mirando con gesto retador y sin un atisbo de consideración.

–A ti te da igual la clase de princesa que yo pueda ser. Lo único que te importa es qué clase de reina, tu reina, puedo ser. Eso, en el improbable caso de que aceptara casarme contigo.

Reza no prestó atención a esa cosa rugiente que le estaba devorando vivo.

Esa mujer podía ser diferente a las que estaba acostumbrado. Podía considerarla más fascinante de lo que le convenía. Podía incluso despertar en él un aspecto de sí mismo que prefería reprimir por parecerse demasiado a ciertas debilidades de su padre. Pero eso no cambiaba el hecho de que conseguiría lo que quería.

Siempre era así.

–Tú eres la princesa Magdalena de Santa Domini –le informó él–. Me temo que no tienes elección respecto a lo de casarte conmigo. Es tu destino.

Maggy no se sentía una princesa. Se sentía como si el mundo estuviera del revés. Y tampoco entendía por qué tenía que ser un «destino».

Y mucho menos el «destino» de ese hombre. Al margen de lo que demostraran los análisis de sangre.

–En mi experiencia –dijo ella en voz baja, conteniendo aún esa cosa cruda y hueca que llevaba dentro–, las personas utilizan la palabra «destino» cuando no tienen motivos para hacer lo que quieren hacer pero quieren permiso para hacerlo.

Al instante, Maggy vio a Reza apartar la silla de la mesa y ponerse en pie. No sabía por qué le sorprendió, o quizá no fuera esa la palabra adecuada. Más bien era que, cuando él se movía, ella lo sentía. Parecía envolverla, tirar de ella. Reza poseía una poderosa suavidad que era peligrosa, le provocaba un hormigueo en el vientre y la ponía en vilo.

No quería seguir allí sentada mientras Reza se paseaba por la estancia; por eso, también se puso en pie, sin apenas lanzar una mirada al asado que ni siquiera había probado.

–Estamos prometidos desde que naciste –dijo él tras unos momentos–. Nuestros padres, aunque no se puede decir que fueran íntimos amigos, se tenían aprecio; pero, sobre todo, se habían comprometido a mantener la paz y la prosperidad en sus respectivos países. Decidieron sellar el compromiso por medio de un matrimonio. Desde pequeño sabía que iba a casarme contigo, lo que significaba que debía evitar las típicas travesuras de adolescente con el fin de no causar problemas a tu padre ni al mío. Siempre he sido consciente de que en mi vida debía haber cabida para ti.

Maggy pensó en su propia adolescencia: vacía y dolorosa. No había tenido en cuenta a nadie más porque solo había podido contar consigo misma. No había sido por egoísmo, sino por una cuestión de supervivencia. Porque a nadie le había importado si ella estaba viva o muerta.

No sabía cómo conciliar esos años vacíos con lo que Reza le estaba diciendo. La idea de que alguien se hubiera preocupado por ella, aunque hubiera sido de una forma abstracta, le resultaba incomprensible.

—Has debido de odiarme —dijo Maggy con voz queda—. Yo no habría soportado condicionar mi vida por causa de un desconocido.

Mientras pronunciaba esas palabras, se dio cuenta de que eran falsas. No era verdad. En el pasado, habría dado cualquier cosa por saber que había alguien a quien le importaba lo que ella pudiera decir o hacer.

Reza, delante de la ventana y de espaldas a ella, sacudió la cabeza. Maggy vio su hermoso rostro reflejado en el cristal.

—Eras mía —dijo él con voz ronca, y Maggy trató de convencerse de que no le había afectado—. Tampoco me hacía ilusiones respecto a la clase de comportamiento que se esperaba de mí, a la clase de vida que tenía que llevar. Me educaron para ser el regente de un país, no para perseguir mis propios intereses. Suponía que tendría la suerte de hacerlo con una reina educada también para ello, una reina cuyas aspiraciones serían las mismas que las mías.

–¿Cuáles son esas aspiraciones exactamente? –preguntó Maggy con voz más ahogada y tensa de lo que le habría gustado–. Porque lo que yo quería era un techo sobre mi cabeza, un lugar en el que poder sentirme a salvo. ¿Qué es lo que un rey quiere en la vida, un rey que lo tiene todo con solo chasquear los dedos?

–En primer lugar, la seguridad de su pueblo –respondió Reza con un encogimiento de hombros que la hizo desear cosas que no podía definir. Tenía que ver con la anchura de sus hombros y la virilidad de su espalda–. Pero, además, lo que quiero es lo que quiere cualquier hombre, aunque por diferentes motivos: paz, prosperidad y herederos.

Hasta ese momento, la conversación se había desarrollado en el terreno de lo abstracto; al menos, para Maggy: una princesa que iba a casarse con un rey y se iba a convertir en reina. Todo ello parte del estúpido cuento de hadas en el que ese hombre la estaba sumergiendo. Incluso después de los resultados del análisis de sangre, no había conseguido asimilar el significado de la situación.

Pero ahora, la palabra «herederos», la había golpeado, la había hecho darse cuenta de que, pasara lo que pasase, Reza no estaba bromeando. Todo era muy serio. No se trataba de un cuento de hadas. Era la realidad y la incluía a ella.

«Herederos».

Los herederos de él.

El corazón le latió con demasiada fuerza. Cruzó los brazos a la altura del pecho mientras trataba de no perder la compostura. No tenía importancia que ese lugar vacío dentro de ella estaba... cambiando. Creciendo. Moviéndose. Un terremoto estaba teniendo lugar en lo más profundo de su ser.

—He visto muchos programas de televisión en los que la gente habla de sus herederos –dijo Maggy–, pero nunca creí que era algo que la gente hacía en la vida real. Lo que quiero decir es que nunca he conocido a nadie que utilice la palabra «herederos» para referirse a sus hijos.

Reza se volvió y la miró. El gris de su mirada había adquirido un brillo oscuro que pareció golpearla.

—No voy a dejar a mis herederos unas piezas de porcelana rota y mobiliario de procedencia desconocida –declaró Reza con voz suave; sin embargo, con más poder en la voz que anteriormente–. Y uno, generalmente, no habla de «niños» al referirse a los príncipes y princesas de Constantines. Y es Constantines lo que voy a dejar en herencia. La Casa de Argos ha ocupado la corona desde hace siglos.

Maggy tragó saliva y le pareció que él la había oído. Así de seca tenía la garganta.

—Creo que no te he comprendido.

—Sospecho que me has comprendido perfectamente –contestó él. Pero algo había cambiado en su mirada, esta se había tornado... perezosa.

Maggy ignoró el cosquilleo del vientre.

—Has venido a por mí porque creías que era esa princesa.

–Y lo eres.

Maggy frunció el ceño.

–Y ahora que me has encontrado, ¿qué? –dijo ella con voz queda–. ¿Quieres llevarme a un palacio al otro lado del Atlántico y hacer una reina de mí?

Reza inclinó la cabeza.

–Sí, eso es lo que quiero.

–Y vienes de un país en el que es perfectamente normal hablar de herederos al referirse a cosas como el matrimonio.

–Mi país es una monarquía hereditaria, princesa –dijo Reza con voz grave–. Yo, por mi parte, tengo solo dos trabajos: uno, mantener el reino; dos, pasárselo a un niño que lleve mi sangre, tal y como mis antepasados han hecho desde tiempos inmemoriales.

–¿Por qué no te has casado todavía? –Maggy le observó, fijándose en su altura y arrogancia, en la forma en que parecía dejarle claro que se estaba sometiendo a sus preguntas porque había elegido hacerlo, no porque tuviera que hacerlo. No sabía cómo lo conseguía, pero así era. Lo único que sabía era que, por motivos incomprensibles, le atraía–. En los últimos veinte años has podido tener herederos con alguna otra persona adecuada.

–Ninguna de ellas tan perfecta para mí como tú.

Lo que le sorprendía, admitió Maggy, era lo mucho que deseaba que el comentario hubiera sido personal. Que hubiera sido un halago. ¿Tan bajo estaba dispuesta a caer?

–¿Y lo que me hace perfecta es la sangre que corre por mis venas?

Reza volvió a inclinar la cabeza; aunque esa vez,

vio en la dura boca de él algo que la afectó. Algo que volvió a golpearla, con más fuerza en esa ocasión.

—La sangre que corre por tus venas es un factor, cierto. Lo mismo que lo es el hecho de que un matrimonio entre los linajes de Constantines y Santa Domini unirá nuestros reinos, tal y como nuestros padres deseaban que ocurriera. Tenían razón respecto a las ventajas que ello conllevaría y, a pesar de los años, ahora ocurre lo mismo. Si todo hubiera salido como ellos habían planeado, nos habríamos casado en el momento en que hubieras llegado a la mayoría de edad.

Maggy sintió más electricidad y más movimiento por dentro. Imaginar esa otra vida que le habían robado la dejaba sin respiración. Y no por la absurda riqueza, sino por... la familia. Y quizá en esa realidad alternativa estaría casada con ese hombre, tal y como él parecía pensar que habría ocurrido. Lo que significaba que, probablemente, ya tendría hijos, algo que le resultaba completamente increíble.

Esa Maggy habría tenido tantos hijos que jamás habría tenido que volver a estar sola, a menos que lo deseara.

Pero esa Maggy había muerto en un accidente automovilístico veinte años atrás. El hecho de que Maggy hubiera sobrevivido no cambiaba ese hecho.

Tembló y trató de disimularlo. No obstante, le pareció que él lo advirtió.

—En fin, que la única ventaja para mí es que vives en un castillo, no en una casa desvencijada —logró bromear Maggy, aunque sabía que no iba a poder seguir enfrentándose a él por mucho más tiempo.

–Creo que el castillo de Constantines supondrá una mejora respecto a tus actuales circunstancias.

Pero Maggy no era tonta. No había tenido la oportunidad de serlo. Había madurado rápidamente y a la fuerza. Como cualquier mujer con recursos limitados, no había tenido más remedio que observar el comportamiento de los hombres. Sabía cómo eran los ricos. Sabía que hacían lo que se les antojaba y esperaban agradecimiento de aquellos a quienes pisoteaban.

Ni un rey sería peor.

Los cuentos de hadas no existían. Lo sabía. Lo había vivido.

Pero parecía que Reza era lo más parecido a un cuento de hadas. Suponía que podría acabar arrepintiéndose de lo que estaba a punto de hacer, pero al menos sería algo nuevo. Iba a hacerlo. Pobre, asustada y sola. Estaba cansada.

Si Reza decía que ella era una princesa, se convertiría en una princesa. Si Reza quería que fuera reina, sería reina. Y los herederos tampoco eran un problema, si ignoraba el cómo y se concentraba en el resultado. Un niño o dos significaba que, ocurriera lo que ocurriese con ese hombre, no podrían volver a deshacerse de ella.

Podría tener todo lo que se le antojara.

Lo único que tenía que hacer era pedirlo.

–Suena muy bien –dijo ella, ignorando su voz quebrada. Se fijó en el rey que tenía delante, un rey con ojos de lluvia que le ofrecía un futuro que deseaba, costara lo que costase–. Estoy deseando verlo.

Capítulo 5

ABANDONAR la única vida que conocía debería haberle resultado más difícil.

Siempre había sabido quién era; o, al menos, quién era en el marco de la comunidad: la niña perdida, la niña abandonada. Eso era lo que le habían dicho, cientos de veces, bienintencionados trabajadores sociales, profesores y las personas que le habían dado un empleo. Siempre había sabido qué esperar de la vida, tanto si le gustaba como si no. Ahora, descubrir que se habían equivocado, que todos habían estado equivocados, debería haber sido tanto un duro golpe como un regalo.

Pero, en realidad, no podría haberle resultado más fácil.

–Mañana por la mañana nos iremos –le dijo Reza esa primera noche en la cabaña de lujo de las montañas con cierto brillo de ilusión en los ojos. Aunque, quizás, era ella la ilusionada, no él. No podía diferenciarlo–. No te preocupes por tus cosas ni por nada relativo a tu vida aquí. La gente que trabaja para mí se encargará de todo.

Maggy había decidido aceptar aquello, ¿no? Quería su cuento de hadas, costara lo que costase. Por lo tanto, no puso ninguna objeción.

Volvió a la mesa y se sentó. Y pensó... ¿por qué no probar ese asado? Seguro que recuperaría el apetito. Incluso bebió un sorbo de vino, completamente diferente a todos los vinos que había probado, que ahora ya no le parecían merecedores de ese nombre.

—No creo que pueda salir del país —dijo ella en tono práctico.

Al levantar la vista, sorprendió a Reza, cerca de la ventana, mirándola con expresión de desconcierto. Y vio algo más en esa infinita y oscura mirada gris de él, pero no se atrevió a indagar. Ni tampoco quiso considerarlo un eco de lo que le ocurría por dentro.

—¿Por qué no? —preguntó él con una suavidad de la que ella no se fiaba.

Maggy se encogió de hombros.

—No tengo pasaporte. Nunca me lo he sacado porque no estaba en mi lista de prioridades salir al extranjero. Estaba ocupada con otras cosas: un trabajo estable, un lugar para vivir... Ya sabes.

Aunque sabía perfectamente que él no lo sabía. Por eso lo había dicho.

Pero, por supuesto, para Reza, esas cosas no eran obstáculos.

—Me he tomado la libertad de hacer que mi gobierno te expidiera un pasaporte, así que vas a ser ciudadana de Constantines —le informó él—. Con ese pasaporte podrás cruzar cualquier frontera.

A Maggy se le ocurrieron un montón de preguntas. ¿Cuándo había ordenado que hicieran ese pasaporte? ¿Qué nombre iba a aparecer en el documento?

¿Por qué estaba tan seguro, y a la vez tan despreocupado, de todo? Pero, a la larga, ninguna de esas preguntas tenía importancia. No tenían nada que ver con sus objetivos, que eran vivir un cuento de hadas y tener una familia. No debía perderse en los detalles.

Le miró y sonrió, cosa que cada vez le resultaba más fácil. Reza regresó a la mesa y ella continuó comiendo porque los platos que los camareros les estaban sirviendo eran muy diferentes a los fideos chinos de sobre a los que estaba acostumbrada.

Comió tanto que temió estallar. Y no creyó que le importara si ocurría.

A la mañana siguiente, una flota de vehículos utilitarios deportivos de color negro se detuvo delante de la vieja casa en la que vivía desde hacía unos años. Maggy bajó a la calle con una mochila en la que había metido las pertenencias que consideraba necesarias. Vestía una sudadera de chándal con la palabra «STOWE» estampada en la pechera y que hacía referencia a unas pistas de esquí cercanas; sus vaqueros preferidos, ya muy gastados, y unas botas que la hacían sentirse más dura de lo que realmente era.

Le abrieron la puerta de uno de los coches y, al subirse, encontró a Reza dentro.

Le dio un vuelco el corazón.

Reza ocupaba el asiento con aires de estar en un trono. También ocupaba demasiado espacio... o quizá fuera que parecía estar consumiendo todo el oxígeno. Llevaba lo que ella suponía que era su versión de un atuendo informal: una camisa de aspecto más suave aún que el cuero del asiento, blanca, que contrastaba con su piel morena y la dejaba sin aliento.

Reza dejó los papeles que estaba ojeando y la

miró mientras ella se acomodaba. La examinó entera, desde la cabeza, con la cola de caballo, hasta los pies enfundados en las botas que más le gustaban.

Maggy le devolvió la mirada y alzó la barbilla en un gesto más desafiante de lo que era necesario. Pero, de repente, se había visto presa del pánico y prefería morirse antes de que él se diera cuenta.

¿Estaría Reza arrepentido de lo que había hecho? Al mirarla, ¿se estaría dando cuenta de que ella no era una princesa, sino una escoria a la que habían abandonado de pequeña? Dijeran lo que dijesen los análisis de sangre, no había ni una gota de sangre real en ella.

—Hoy será el último día que aparezcas vestida así en público —le informó él con calma y autoridad—. Y te aconsejo que tampoco te vistas así en privado.

—Soy estadounidense —dijo Maggy, porque prefería utilizar la boca para luchar contra los nervios—. Me gustan los pantalones vaqueros.

—No eres estadounidense —la corrigió Reza—. Nunca has sido estadounidense, a pesar de las apariencias. Eres de Santa Domini cien por cien.

Reza golpeó la ventanilla del coche con los nudillos, la señal para que el chófer se pusiera en marcha.

—Santa Domini no significa nada para mí —murmuró ella—. Forma parte de un cuento de hadas, igual que tú.

No debería haber dicho eso. De haber podido retirar esas palabras, lo habría hecho. Bajó la mirada y la clavó en la vieja mochila naranja, e hizo un esfuerzo por evitar sentir los ojos de Reza en su mejilla, quemándosela como si de una llama se tratara.

Pero la verdad era que sentía esos ojos en todas partes. Le sentía a él en todas partes.

–No tengo nada en contra de los pantalones vaqueros –declaró Reza después de que el coche se pusiera en marcha, sorprendiéndola–, están bien para ciertas cosas y en determinados momentos. No vivimos en el siglo XIX. Lo que no me gustan son los tejidos baratos y un corte malo, no sientan bien.

Maggy se volvió de cara a él y frunció el ceño.

–Pero...

Reza alzó una mano, interrumpiendo lo que iba a decir.

–Cuando ya tengas la ropa adecuada y propia de la persona que realmente eres, si de verdad sigue apeteciéndote ponerte la ropa que llevas, volveremos a hablar de ello.

No esperó a que ella respondiera. De nuevo, se puso a examinar los papeles que tenía en la mano y ni siquiera lanzó una mirada hacia ella.

Maggy tardó en darse cuenta de que Reza había dado por zanjada la conversación por cuenta propia, sin contar con ella.

«Creo que será mejor que te acostumbres a eso», se dijo a sí misma mientras dejaban atrás Deanville. «Este hombre tiene un comportamiento muy regio».

Pero lo cierto era que no estaba tan enfadada como debería. En esos momentos, se estaba preguntando qué sentía al abandonar el único hogar que había conocido. Se sabía todas las calles y todos los árboles de ese pueblo. La habían encontrado en la carretera 132, en Strafford, de ahí su apellido, y su estancia más prolongada en un lugar había sido en una casa de acogida en Deanville. Esos hechos, esos lugares, deberían haber dejado una marca en ella. Sin embargo, se sentía más marcada por el hombre que estaba sentado a su lado.

Y, cuando el convoy los llevó a la pista de un aeropuerto privado, cerca de un avión con un escudo, a Maggy dejó de preocuparle dejar atrás la única vida que había conocido hasta ese momento.

–¿Te pasa algo? –le preguntó Reza después de que salieran del coche, mientras el frío viento invernal les golpeaba el rostro–. Estás muy callada, lo que no es propio de ti.

–Tú no me conoces, no sabes lo que es propio de mí o no –observó Maggy.

La dura boca de Reza se tensó.

–Responde a la pregunta, por favor.

Maggy, mirándole, se tomó su tiempo. Contempló el intimidante rostro que parecía saciar una sed en ella desconocida hasta entonces y que no sabía lo que significaba. Tampoco estaba segura de querer saberlo. Pero no estaba acostumbrada a que alguien le prestara tanta atención.

Y eso era algo que no quería decirle.

–Estoy estupendamente. De hecho, nunca me he sentido mejor.

Esperaba que Reza le contestara o le lanzara una de esas gélidas miradas. Reza no lo hizo. Su expresión era dura y su boca una severa línea. Pero entonces, inesperadamente, Reza alzó una mano y le acarició la cola de caballo, dejándola sin respiración. Durante un momento, le pareció que eran las dos únicas personas del mundo.

El corazón pareció querer salírsele del pecho.

Tenía miedo de que él pudiera oírlo.

Reza bajó la mano y le rozó la espalda suavemente, indicándole que comenzara a caminar en dirección al avión, delante de él, mientras su corte le rodeaba.

Maggy subió la escalerilla del avión y, mientras la tripulación la saludaba, hizo un desesperado esfuerzo por recuperar la compostura.

Una vez a bordo, se entretuvo con otras cosas, cosas como el oro que veía por todas partes. Y madera brillante y oscura. Espesas alfombras. Cruzó lo que parecía el salón de un lujoso hotel y acabó en un dormitorio con baño. ¡En un avión!

–Por favor, Su Alteza, cualquier cosa que necesite, háganoslo saber –le dijo el sonriente auxiliar de vuelo que la había acompañado–. Cualquier cosa.

Maggy solo se dio cuenta de lo que había pasado cuando aquel hombre uniformado se retiró. Ese hombre la había llamado «Su Alteza». A ella. A Maggy.

Cerró la puerta de la habitación y se sentó en la cama. Por fin, logró volver a respirar y la cabeza dejó de darle vueltas.

«Esto era lo que querías», se dijo a sí misma con respiraciones profundas. Se pasó las manos por los muslos, por los pantalones, y se prometió a sí misma quemarlos a la primera oportunidad.

«Ahora eres esta persona. Vas a tener que asimilarlo».

El vuelo fue largo y sin incidencias. También fue una de las experiencias más agradables de su vida. Cada vez que salía del dormitorio, veía una selección diferente de comida en la zona de estar. En ocasiones, Reza estaba en el sofá; otras veces, estaba en algún otro lugar del aparato. En el avión había un despacho, una sala de conferencias y dormitorios; una zona con sillones y mesas en las que estaban los guardaespaldas y otra gente que parecía muy ocupada y que ella suponía que eran los ayudantes del rey. Nadie la miraba al pasar mientras estiraba las piernas; sin embargo, podía sentir los ojos de esas personas en su espalda.

Por fin, cuando aterrizaron, era de noche.

–¿Es este tu reino? –le preguntó a Reza mientras salían del avión.

El aire olía de una forma especial mientras caminaban por una franja de asfalto que les condujo a otro vehículo que les esperaba. La cabeza le daba vueltas y se sentía sumamente extraña.

–No exactamente –respondió Reza. Y ella se dijo que era el agotamiento lo que le confería ese tono de voz, tan profundo y oscuro como la noche que les envolvía–. Esta isla pertenece a mi familia desde hace mucho. Fue un regalo de un dux veneciano por los servicios prestados; al menos, eso es lo que se cuenta. Vamos a hacer una parada aquí para descansar, es un lugar muy agradable.

Maggy se sentía confusa y aturdida tras el largo vuelo. Quería preguntarle si iba a enseñarle el mar, nunca lo había visto. Le llevó unos momentos darse cuenta de que lo que olía en el ambiente era el mar, un olor mágico en la noche. Pero no parecía ser capaz de hacer que su cuerpo respondiera a las ideas que volaban por su cabeza. Así que se sentó en el asiento de cuero de otro vehículo y, cuando este se puso en marcha, lo único que logró ver por la ventanilla fue la oscuridad. Ni ciudades ni pueblos. Ni luces. Era como si Reza la hubiera llevado al fin del mundo.

No se dio cuenta de que se había dormido hasta que unos ruidos la despertaron y, al abrir los ojos, vio demasiadas luces.

Se incorporó en el asiento y, con consternación, vio que había estado durmiendo con la cabeza apoyada en el hombro de Reza. Ahora ya no olía a mar, sino a él. Era un olor cálido y especiado. Era una magia mucho más profunda y traicionera que la del mar, era una magia que le agarró las entrañas, la dejó sin aliento y la hizo dirigir la mirada a la de él.

Le sorprendió observándola con su mirada gris oscura. Y ese brillo especial plateado estaba allí también. Era como si Reza hubiera adivinado que, en ese momento, ella no le estaba viendo como rey.

Algo intenso y ardiente se revolvió dentro de ella. De repente, se dio cuenta del increíble e insoportable calor que sentía. Tenía calor suficiente para iluminar como una bombilla.

–Ya hemos llegado a la villa –le dijo él con voz queda.

Maggy se preguntó cuánto tiempo había estado Reza allí sentado dejándola dormir con la cabeza en su hombro antes de despertarla. La idea de que hubiera podido ser más de unos segundos hizo que le diera un vuelco el corazón.

–¿Puedes caminar o quieres que te lleve en brazos? –preguntó Reza.

Maggy sabía que se trataba de una broma, aunque Reza no le parecía muy dado a las bromas.

El aire entre ambos se hizo tenso. Eléctrico. Maggy se apartó de él y se deslizó en el asiento; después, se dijo a sí misma que le daba igual que él se hubiera dado cuenta de que estaba asustada. Lo importante era que hubiera una distancia entre ambos. Lo importante era no tocarle.

Los duros labios de él parecieron relajarse.

–Puedo caminar –respondió ella con demasiada rapidez.

Pero la traicionó la voz. Se había oído a sí misma. Pero lo peor fue cuando vio que a Reza se le oscurecían los ojos al tiempo que ese brillo plateado tan viril reaparecía.

–Como quieras, princesa –murmuró Reza con humor en la voz, como si estuviera conteniendo una carcajada–. Bienvenida a la isla.

Entonces, Reza salió del coche, dejándola allí sola con su sonora respiración por toda compañía. Y Maggy se preguntó qué habría pasado de haber contestado otra cosa.

De haberse acercado más a él en vez de apartarse.

Reza salió a la ancha terraza de piedra que rodeaba el dormitorio principal de la villa y no le importó en absoluto el frío invernal mientras dejaba que la brisa marina le envolviera.

Necesitaba limpiarse, quitarse de encima esa aflicción.

O ese abominable deseo que le estaba devorando vivo.

No comprendía lo que le estaba ocurriendo. No comprendía por qué le afectaba de esa manera un simple roce con Maggy. ¿Cómo lo conseguía ella? ¿Cómo sabía encontrar los puntos débiles de una coraza que ni siquiera sabía que existía? Hasta ese momento, nadie nunca la había penetrado.

¿Acaso se parecía más a su padre de lo que se había imaginado? ¿Era eso posible?

El frío le golpeó, pero no entró en la villa.

Aquella isla siempre había sido el lugar de retiro de su familia. De pequeño, iba allí al menos una vez al año, cuando la familia real necesitaba descansar de las obligaciones de la corte y del constante escrutinio público. Un poco más mayor, se dio cuenta de que era allí donde sus padres resolvían sus diferencias, causadas principalmente por las infidelidades de su padre. Ese lugar era propicio para ello dado que la amante de su padre no tenía acceso a la isla y su madre se permitía el lujo de hacer como si la otra mujer no existiera. Además, era el lugar en el que le habían enseñado a no comportarse como si fuera una persona de carne y hueso, un mero mortal como cualquier otro hombre.

En esa isla había aprendido que, sobre todo, era un rey, no un hombre.

«Lo importante no es lo que digas, Reza, sino lo que hagas», le había repetido su madre mil veces. «Tus súbditos quieren un rey a quien admirar y apoyar, no un hombre débil cuyos vicios le hacen tropezar una y otra vez».

Su madre siempre había sido una mujer remota y distante. Siempre había opinado que su papel era apoyar al rey, al margen de la obsesión de este por su amante y los problemas que ello le había acarreado. Había muerto tres años después del supuesto infarto de su marido, plenamente consciente de que él no había muerto de un infarto. Su madre siempre se había comportado con absoluta corrección, una corrección que, en ocasiones, había utilizado como arma. Esa había sido su madre, feroz en su dolor hasta el final.

Reza no había llevado a Maggy, su princesa asilvestrada, a esa isla por casualidad.

Pero incluso en ese momento, incluso allí fuera en medio de la fría noche, trató de volver a vestirse su coraza, sin conseguirlo. Tampoco podía dejar de pensar en Maggy.

Y el hecho de que se refiriera a ella por ese nombre, Maggy, en vez del más sofisticado, regio y apropiado, Magdalena, era parte del problema.

Ella había salido de su casa disfrazada de joven estadounidense con actitud desafiante y la barbilla alzada; sin embargo, en los ojos de color caramelo de ella había visto reflejada la angustia que había tratado de ocultar y una vulnerabilidad que la luz del día había hecho visible. Se había mostrado mucho menos dura que la noche anterior.

Reza no sabía lo que había sentido, no lograba identificar el sentimiento que le había embargado durante el trayecto al aeropuerto y que le había hecho leer hasta tres veces cada párrafo del documento que había tratado de leer.

Se sentía indefenso.

Era Reza Argos. Era el rey de Constantines. Jamás se había sentido indefenso. La idea era risible.

Pero, por risible que fuera la idea, se había sentido indefenso al tocarla, al acariciar su sedosa cola de caballo. Había estado muy cerca de ella, había olido su aroma a vainilla y coco, un aroma que había acariciado la parte más dura de él.

Y eso le había vuelto a ocurrir.

No podía evitarlo.

No sabía qué estaba haciendo ni cuándo se había convertido en un esclavo de sus sentimientos, como su padre. Lo único que sabía era que no podía permitírselo.

Él no era un adolescente. Sin embargo, allí estaba, con el frío del Adriático golpeándole, y en lo único que podía pensar era en cómo le había mirado ella en la pista de aterrizaje de aquel lejano aeropuerto de Vermont.

¿Qué demonios le estaba pasando? ¿Por qué lo permitía? ¿Acaso estaba perdiendo el amor propio hasta el punto de romper la promesa que se había hecho a sí mismo de no permitirse jamás las mismas debilidades que su padre?

Y eso había sido antes de que ella se durmiera con la cabeza en su hombro.

Se tardaba diez minutos en coche del aeropuerto a la magnífica villa situada en el punto más alto de la isla con maravillosas vistas en todas las direcciones. Pero Reza se había quedado muy quieto, reticente a apartar a Maggy de sí.

Reticente o incapaz, no lo sabía. Se había perdido en el calor del cuerpo de Maggy, en la sensación de tenerla pegada a sí, en...

–Señor.

Su secretario apareció a sus espaldas, apartándole del recuerdo del cuerpo de ella, pero él no se volvió. Le preocupaba lo que su secretario pudiera ver en su expresión, lo que su rostro pudiera revelar traicioneramente, mostrando que se había transformado en lo que más odiaba.

–Nuestra huésped... ¿tiene todo lo que necesita? –preguntó Reza.

No le gustó el esfuerzo que le había costado mantener la voz serena.

–Sí, señor. Está en la suite de la reina, tal y como usted ha ordenado –el secretario se aclaró la voz–. Y también, tal y como ha ordenado, está todo preparado para mañana por la mañana.

Reza, entonces, se volvió. Asintió y después siguió a su secretario al interior de la villa. Cerró las puertas de la terraza, caminó hasta el centro de la habitación, que de niño había creído que era la más grande del mundo, y se detuvo. De pequeño, casi nunca le habían permitido entrar allí. Había sido el cuarto privado de su padre, el refugio que le había permitido estar apartado de su familia; a pesar de que, supuestamente, había ido a la villa precisamente para pasar unas vacaciones con su familia.

De pequeño, le había encantado estar allí, las pocas veces que lo había conseguido. Ahora, veía aquel espacio como un monumento a un pasado que no quería que se repitiera.

Apenas notó la marcha de su secretario, dejándole a solas con sus pensamientos.

El hecho de haber localizado a la desaparecida

princesa de Santa Domini debería haberle alegrado más. Lo sabía. No solo la había encontrado, sino que la había rescatado de una vida miserable. Además, la había llevado a esa isla para enseñarla a comportarse como era propio de una princesa y también propio de la reina que iba a ser.

Por fin, después de tanto tiempo, había encontrado a su reina, su prometida desde que tenía diez años. La mujer que representaba el futuro que había perdido a los dieciocho años en aquel accidente automovilístico.

Había llorado su pérdida más de lo que había estado dispuesto a admitir.

Ahora, el problema era que la deseaba. Y, en sus decisiones, siempre había considerado el deseo irrelevante. Porque él no era como su maldito padre. Lo único importante era su reino. Lo único importante eran las promesas que se habían hecho sus familias y los contratos que habían firmado. Había entrado en la mayoría de edad con la esperanza de contar con una reina como su madre, correcta y encantada de ocupar un segundo plano, linaje perfecto y exquisitos modales. Una reina dispuesta a cumplir con su deber y a proporcionarle herederos.

El problema era que, en lo referente a Maggy, solo podía pensar en acostarse con ella. Y el deber no tenía nada que ver con ello.

Lo que significaba que, por primera vez en su vida, no estaba cumpliendo con su deber.

–¿Y si no soy un buen rey? –se había atrevido a preguntar a sus padres, cuando era pequeño, un otoño en el que habían ido a la isla.

No había comprendido la frialdad de la relación entre su padre y su madre mientras paseaban por la playa.

–Lo serás –le había contestado su padre con regia certidumbre–. Los hombres de la Casa de Argos siempre han ocupado el trono. Tú harás lo mismo.

La reina, mirándole sin sonreír, había añadido:

–No tienes elección.

Y a Reza jamás se le había olvidado aquello.

Capítulo 6

REZA no había bromeado al mencionar un spa, tal y como Maggy descubrió a la mañana siguiente.

Al despertar, se había encontrado en una antigua y lujosa villa que, en cierto modo, combinaba un maravilloso estilo italiano con todo tipo de comodidades, como ese perfecto cuarto de baño con suelos radiantes.

En realidad, la había despertado una alegre empleada. Esta le había ofrecido un suave albornoz, le había colocado una taza de café en las manos y la había sacado de la habitación, haciéndola beber el café mientras caminaba por la maravillosa villa.

Maggy, demasiado adormilada para protestar, se había dejado llevar a una especie de solárium en el que había una piscina cuya agua azul brillaba bajo el sol.

La empleada la condujo hasta un extremo de la piscina circular y de allí a una sauna.

—Su Alteza, si necesita algo, presione este interruptor —dijo la empleada, agarrando la taza vacía antes de marcharse y cerrar la puerta.

Maggy no estaba acostumbrada a que la llamaran «Su Alteza». Tuvo que morderse los labios para no echarse a reír. Tampoco estaba acostumbrada a las saunas; por supuesto, sabía lo que eran, pero nunca había estado en una. Parpadeó mientras examinaba el suelo de madera, un eco de cómo se sentía: ardiendo y casi sin respiración.

Pero, si eso era lo que hacía la realeza, ella también lo haría. Haría lo que fuera necesario.

«Eres miembro de la realeza, tu sangre es prueba de ello».

Se sentó en el caliente asiento de madera y, acompañada por una música de fondo, se preguntó si no estaría dormida todavía. Quizá todo aquello no era más que un sueño y, al despertar, se encontraría en su diminuta habitación, en Vermont, e iba a llegar tarde al trabajo, como de costumbre. Se pellizcó el muslo y luego el vientre, nada, seguía allí. Le dolía donde se había pellizcado y tenía un par de marcas rojas, nada más. Se quedó en aquella celda de cedro caliente, empapada en sudor.

No obstante, no podía descartar completamente la posibilidad de que aquello fuera un sueño. No sería la primera vez que soñaba algo así. Pero esa vez, fuera lo que fuese, estaba decidida a disfrutar al máximo.

Echó la cabeza hacia atrás, encontró la manera de respirar, honda y prolongadamente, y dejó que el calor la penetrara.

Cuando las luces y el calor de la sauna se apagaron, Maggy salió de la cabina, adormilada y con el albornoz, vio que en el solárium habían preparado todo lo necesario para darle un tratamiento completo: masaje, cera, manicura, pedicura, tratamiento de cejas, tratamiento de cabello que incluía tinte y corte... Y, mientras la sometían a todo tipo de tratamientos de belleza, le sirvieron deliciosa comida de exquisita preparación.

Por fin, cuando terminaron y ella se sentía una mujer nueva, la envolvieron en toallas y, atravesando la villa, la condujeron de vuelta a su habitación.

La noche anterior había estado demasiado cansada y por la mañana demasiado adormilada durante el trayecto al solárium para prestar atención al lugar en el que se encontraba. Pero después de una jornada dedicada a su bienestar, prestó a ese lugar la atención que se merecía mientras seguía a las mujeres que la rodeaban.

Reza había dicho que aquello era una villa, pero a Maggy le pareció un palacio. Había suelos de mármol por todas partes. Habitaciones repletas de objetos artísticos que escapaban a toda descripción. Sofás y alfombras de ensueño. Muebles de madera que brillaban.

Mirara donde mirase veía arcos y ventanales con vistas a un mar que estaba ahí mismo. El mar, muy azul, estaba salpicado de crestas blancas visibles desde cualquier ángulo. Todas y cada una de las habitaciones presentaban una vista distinta del mar, lo que hacía que la villa pareciera estar flotando.

Dentro, los techos eran altos y ornamentados. Había obras de arte colgadas de todas las paredes; y, aunque no supiera de arte, estaba segura de que aquellas piezas tenían un valor incalculable.

Creyó reconocer uno o dos cuadros, lo que significaba que debían de ser muy famosos para que ella, que jamás había estado en un museo ni en ningún sitio con obras de arte, pudiera reconocerlos.

El mundo en el que se encontraba era tan distinto a todo lo que había conocido hasta el momento que le dio vueltas la cabeza.

«Es un sueño, no puede ser otra cosa», le advirtió una cínica voz interior. «De ser tú, no me haría ilusiones».

Pero quería hacerse ilusiones, aunque resultara ser un sueño y se encontrara en Vermont al despertar. Quería ser la princesa que Reza creía que era, una princesa con una familia y un pasado. Así que se dejó llevar por esas mujeres e ignoró esa profunda voz interior. Y, si no duraba, mejor disfrutar al máximo cada segundo.

Se paseó por el cuarto de estar de su suite, con chimenea, cómodos sofás y estanterías con libros y estatuillas. Había puertas de cristal que daban al exterior, al mar, y que le permitían ver hasta muy lejos. Vio unos montículos en el horizonte y pensó que debía de ser Italia. O Croacia, según el mapa del teléfono móvil europeo que le habían dado aquel día.

–Para su conveniencia, Su Alteza –había murmurado un hombre.

El teléfono móvil tenía programado solo un número correspondiente al nombre de Reza Constantines. Maggy lo había mirado, pero no había llamado.

Siguió a las mujeres al vasto dormitorio de delicado y femenino mobiliario y espesas alfombras sobre suelos de mármol.

La noche anterior se había acostado en la ancha cama con dosel, agotada del vuelo y medio mareada tras echar una cabezada sobre el hombro de Reza, y había contemplado los tejidos de color rojo oscuro

unos tres segundos, antes de quedarse profundamente dormida. Pero ahora, la cama estaba hecha y
con ropa encima.

–Su Majestad desea que se reúna con él en su salón privado –dijo una de las mujeres que la estaban
atendiendo–. Cuando le resulte conveniente, Su Alteza.

–Mejor dicho, cuando le resulte conveniente a él,
¿no? –murmuró Maggy.

Había querido hacer un comentario cínico, pero
estaba demasiado relajada para eso, por lo que le
salió más suave de lo que había pretendido.

–Es el rey, estamos para servirle –dijo una de las
mujeres con voz queda.

A Maggy le pareció que debía protestar, por una
cuestión de principios, pero no le apeteció.

«Después», se dijo a sí misma. «Te encargarás de
eso de servir al rey luego. O quizá te despiertes y no
tengas que hacerlo».

Las mujeres volvieron a rodearla y ella, de nuevo,
se dejó hacer.

Unos minutos después de sentarse en el taburete
de la cómoda, notó que las mujeres estaban haciendo
lo posible por impedirle que se mirara al espejo. De
nuevo, se dejó llevar. Era un sueño y, en el sueño, iba
a hacer lo que se suponía que hacían las princesas
antes de que la devolvieran al mundo real a patadas.

Una de las mujeres la maquilló mientras otra le
secaba el pelo con un secador.

Por fin, cuando terminaron, le ofrecieron un montón de prendas diminutas y sedosas. Confusa, tardó
en darse cuenta de que se trataba de ropa interior;

por supuesto, de mucha mejor calidad que a la que ella estaba acostumbrada.

Ni siquiera los pies parecían ser los suyos, pensó mientras se subía unas delicadas bragas de seda al otro lado de la toalla que dos de las camareras sujetaban después de que ella se quitara el albornoz.

Las mujeres que la atendían la ayudaron a ponerse el vestido que había visto a los pies de la cama, una prenda de color gris que no le había llamado la atención al verla, pero que se deslizó sobre su cuerpo con un sonido susurrante. Los zapatos hacían juego con el vestido y, a pesar de los altos tacones, eran tan cómodos como zapatillas.

Ahora comprendía ciertas cosas respecto a la ropa y el calzado que había visto llevar a las famosas en las portadas de las revistas. ¿Quién podía haberse imaginado que esa ropa era cómoda? Ahora no le extrañaba que Reza hubiera mostrado tanto desdén por su ropa. Ahora lo comprendía.

Le pusieron algo alrededor del cuello, algo frío y resbaladizo. Deslizaron un anillo por su dedo índice y la hicieron salir de la habitación.

Por las ventanas, vio el sol poniente con su brillo anaranjado acercándose al mar, pero también las luces de la villa la deslumbraron. Había luces por todas partes, suaves y brillantes.

Las mujeres la hicieron recorrer un pasillo y le llevó más tiempo del debido darse cuenta de que su habitación era la contigua a la de Reza, lo que ocurría era que las habitaciones de la villa eran enormes y el pasillo que las conectaba era muy largo. Y, de hecho, una puerta en un extremo de su dormitorio debía de comunicar directamente con alguna de las habitaciones de él. La idea la hizo temblar.

Pero no había tiempo para pensar en eso, pensó al entrar en el deslumbrante cuarto de estar privado del rey. Era del tamaño de la sala de fiestas de un hotel, reflexionó mirando incrédula a su alrededor.

En esa estancia, la iluminación era tan gloriosa como en el resto de la villa. Se reflejaba en objetos dorados e iluminaba diferentes zonas de la estancia con mayor o menor intensidad, produciendo un juego de luces y sombras. Las paredes eran predominantemente rojas y doradas. Era como ella se había imaginado que debiera ser la estancia de un rey cuando se había entretenido en pensar en esas cosas.

Y en medio de tan regia luminosidad estaba Reza, vestido con otro perfecto traje oscuro que le confería un aspecto tormentoso, y la miraba como si fuera la primera vez que la viera.

Como si hubiera estado toda la vida esperando para verla.

Después de que las camareras se marcharan, Maggy se quedó muy quieta, sin atreverse a moverse.

–No sé lo que han hecho –dijo cuando ya no podía soportar más la tensión, pero sin saber realmente lo que decía–. No me han dejado mirarme al espejo.

Reza, sin decir nada, le ofreció una mano.

Maggy no sabía por qué ni siquiera titubeó.

«Es un sueño», se dijo a sí misma. «Todo esto no es más que un sueño».

El cuento de hadas que desde hacía años no se atrevía a soñar.

Maggy cruzó el espacio que les separaba, aceptó

la mano que él le ofrecía y solo entonces, cuando un profundo fuego la hizo arder por dentro, se preguntó por qué se había entregado así a ese sueño. A él.

Pero ya era demasiado tarde.

Reza la llevó hasta un enorme espejo que colgaba de una pared en un rincón de la estancia.

—Mírate —murmuró Reza con voz ronca y aterciopelada, y demasiado cerca de su oído—. Han hecho lo que ordené que hicieran. Han hecho de ti la mujer que eres. Te han transformado en Magdalena Santa Domini.

La mujer del espejo de marco dorado no era Maggy. Y, si lo era, era una versión de sí misma que Maggy no reconocía. Una versión soñada que jamás se habría atrevido a imaginar. Nunca.

Sabía que era ella y, sin embargo, no podía ser ella.

«Una princesa», le susurró una voz interior. «Pareces una princesa».

Le habían teñido el pelo de su color natural, castaño oscuro, y se lo habían peinado hacia atrás. La luz se reflejaba en sus ojos, haciéndolos brillar. Sus cejas habían adquirido una elegante línea. La piel tenía un aspecto suave, su rostro parecía diferente, y no solo por el discreto y sutil maquillaje. Y le llevó unos momentos darse cuenta de que era porque no se la veía agotada, sino descansada.

Nunca su semblante había presentado un aspecto tan radiante.

El vestido, sencillo y de corte exquisito, le confería un contenido atractivo. Los zapatos le prestaban elegancia. El collar de brillantes y el anillo lanzaban destellos cuando la luz se reflejaba en ellos.

Pero, sobre todo, parecía otra persona. Una mujer completamente distinta a la Maggy que se había mirado al espejo el día anterior antes de salir a la calle para lanzarse a aquella aventura. Y, si se atrevía a pensarlo, esa mujer que veía en el espejo se parecía mucho a la fotografía de la reina que Reza le había mostrado en el móvil, en el café.

La reina. «Su madre».

Pero todavía no quería pensar en eso. No, todavía no.

Respiró hondo y, en ese instante, se dio cuenta de que Reza había entrelazado los dedos con los de ella y la otra mano la tenía en su cintura. Y, de repente, no pudo pensar en nada, obsesionada con la idea de que si se echaba ligeramente hacia atrás se toparía con el duro pecho de Reza.

No sabía cómo logró evitar hacerlo.

–Este es el aspecto que presentas después de solo un día –dijo Reza con una voz que la hizo temblar.

Fue él quien se apartó de ella. Ella luchó por contener otro temblor mientras le contemplaba a través del espejo.

–Vamos a pasar varias semanas aquí con el fin de que adquieras los conocimientos y la experiencia necesarios para enfrentarte a la vida pública.

–Sí –respondió ella, porque algo tenía que responder–. Estoy segura de que podré hacerlo.

Pero incluso después de que Reza se diera media vuelta y se alejara de ella, Maggy se quedó donde estaba, mirándose en el espejo.

Porque ya no era la misma.

Era la princesa de un cuento de hadas, la princesa en la que Reza la había convertido en un solo día.

Y Maggy no tuvo ningún deseo de despertar de aquel sueño.

Era peor ahora que Maggy parecía una princesa.

Y mucho, mucho peor era haberse permitido tocarla de esa manera.

Reza se dijo a sí mismo que esa loca obsesión no era digna de él, que no podía permitir que una mujer fuera su perdición, como le había ocurrido a su padre, y menos esa mujer.

Si Maggy iba a ser su reina, y así iba a ser, cumpliendo los deseos de sus padres, debían observar las formalidades. Lo único que era peor que perder la cabeza por una amante era perderla por la mujer que iba a darle hijos. ¿A qué acabaría conduciendo eso? ¿A una total destrucción? No, ni en sueños. No podía permitirlo.

Reza pasaba los días en su despacho de la villa atendiendo asuntos de Estado, rodeado de consejeros y dirigiendo su país desde el extranjero.

También había ordenado que, discretamente, se realizara una investigación para averiguar cómo era posible que la princesa Magdalena hubiera aparecido en Estados Unidos después del accidente en Montenegro veinte años atrás. La princesa Magdalena iba a ser su esposa. Lo que le había ocurrido iba a salir a la luz pública e iba a ser parte de la historia de la corona.

Y también había organizado que Maggy pasara

sus días aprendiendo a comportarse como una de las princesas europeas más celebradas, ya que eso era lo que iba a ser, no una estadounidense criada en casas de acogida.

Modistos milaneses volaban a la isla con todo tipo de ropa exclusiva para que Maggy eligiera la que le gustara. Habían ido joyeros de París para que luciera algunas piezas durante el tiempo previo a poder acceder a las joyas de la corona de Santa Domini, eso sin contar con la colección de joyas de Constantines, que Maggy luciría después de la boda.

También organizó la visita a la isla de especialistas para ayudarla a suavizar su lenguaje. Él no podía enseñarle italiano y alemán, las lenguas que hablaban todos los habitantes de su país, pero podía ayudarla a pulir su inglés, a hacerlo menos rural estadounidense y más europeo.

Hizo que fuera a la isla una antigua bailarina de ballet para que le enseñara a caminar como una reina, a posar, a saludar... en resumen, para que le diera clases de etiqueta.

También había contratado a un profesor de historia, especialista en la historia de Santa Domini y Constantines. E incluso había hecho ir a la villa a su antigua niñera, ahora octogenaria, para que le impartiera la clase de modales que le había impartido a él de pequeño.

–Un banquete es una representación teatral –oyó decir a *madame* Rosso en el mismo tono que había empleado con él cuando era niño–, el apetito no tiene nada que ver con ello. En realidad, cuando se tiene hambre, se come en privado y en el tiempo libre.

Un banquete es un acontecimiento en el que lo más importante es comportarse como un miembro de la realeza, jamás como una persona con hambre. ¿Lo ha entendido?

–Lo he entendido –respondió Maggy con una dulzura que le hizo detenerse delante de la puerta, olvidándose de la tarea que tenía entre manos.

Maggy estaba demostrando una docilidad extraordinaria últimamente. Se mostraba de acuerdo con todo, asentía y era cortés. Modulaba la voz y suavizaba el acento. Era como si un alienígena la hubiera poseído, pensó Reza con pesar.

No se podía creer que, en el fondo, echara de menos a la respondona rubia teñida que le había tratado con absoluta falta de respeto en Vermont. Por supuesto, trató de convencerse a sí mismo de que no la echaba de menos. Maggy estaba haciendo lo que debía, concentrarse en sus estudios y aprender a comportarse como una princesa.

«¿Por qué demonios vas a querer que se comporte como cuando la conociste», se preguntó a sí mismo con irritación ante su propia debilidad respecto a todo lo que a esa mujer se refería.

Entretanto, insistía en cenar con ella todas las noches, convencido de que lo hacía para examinar los progresos de Maggy. Sí, esas cenas eran necesarias, quizás. Pero sabía perfectamente que ese no era el motivo por el que se pasaba el día entero esperando a que llegara la hora de la cena.

Se estaba traicionando a sí mismo y no sabía cómo evitarlo.

Una noche la encontró en el gran salón una hora

antes de la cena. Maggy estaba contando en voz alta y practicando los pasos del vals. Se miraba los pies con el ceño fruncido y tenía los brazos en alto, como si abrazara a alguien.

Malo era desearla, pero lo que sintió en ese momento, en el pecho, fue algo mucho peor que inaceptable. Era algo muy, muy peligroso.

Reza se ordenó a sí mismo marcharse de allí, retirarse a sus habitaciones para vestirse para la cena tal y como sabía que debía hacer. Entre ellos dos las relaciones debían ser formales si no quería perder la cabeza completamente.

Sin embargo, se adentró en el salón.

Maggy estaba tan concentrada en el baile que no le vio aproximarse.

–Uno, dos, tres, cuatro. Uno, dos, tres, cuatro...

Se detuvo en el momento en que le vio. Pareció quedarse helada, con sus ojos de color caramelo fijos en los suyos y los brazos en el aire como si estuviera bailando con un fantasma.

Y él podía ser muchas cosas, algunas reprochables en ese momento, más propias de su padre que de él, pero no era un mentiroso. Sabía perfectamente lo que significaba el fuego que veía en la mirada de ella. Él se veía víctima del mismo fuego.

–¿Qué haces? –preguntó Maggy.

A juzgar por el extraño tono de la voz de ella, se dio cuenta de que debía de presentar un aspecto particularmente intenso.

Debería haberle preocupado. Debería haberle alarmado traicionarse a sí mismo de esa manera, con semejante evidencia. Pero no fue así. No le importó.

Si era así como se caía por un precipicio, le dio igual.

—Permíteme que te ayude —dijo Reza en voz baja y profunda.

Sin esperar a que Maggy respondiera, se acercó a ella, la tomó entre sus brazos, ignorando la llama de la pasión que ardía entre ambos, y comenzaron a bailar.

Sin música.

Pero oyó y sintió el aliento de ella, los latidos de su corazón... Y todo lo demás dejó de tener relevancia.

Reza la admiró mientras se movían. Su princesa. Su reina. Esa noche tenía el cabello recogido en un moño y llevaba un vestido que la hacía parecer muy joven y, al mismo tiempo, elegante. Ahora ya nada ocultaba su belleza. Nada en absoluto.

Le resultó casi insoportable lo mucho que le gustaba tenerla entre sus brazos.

—Resulta difícil de creer que eres la misma que esa chica del café —comentó Reza—. Te has transformado en alguien muy agradable.

—Soy la misma que antes —respondió Maggy, pero con demasiada rapidez. A Reza no le gustó que ella siguiera con los ojos fijos en su barbilla; escondiéndose, a pesar de estar entre sus brazos—. La única diferencia es que, en vez de tener que pensar todo el tiempo en no olvidarme de pagar el alquiler, ahora tengo que hacer un esfuerzo para no olvidar cuál es el tenedor que debo utilizar.

Reza no veía motivo por el que esa respuesta debiera preocuparle. Al fin y al cabo, eso era lo que él quería y lo que ella se merecía. Maggy era una princesa. Debía aparentar lo que era, debía comportarse con la dignidad propia de un miembro de la realeza. La nostalgia que sentía por la criatura en la que Maggy se había convertido para poder sobrevivir después del accidente no beneficiaba a ninguno de los dos.

A pesar de estar asqueado de sí mismo, continuó bailando porque le resultaba imposible parar.

«Eres un rey. ¿Gobiernas o te dejas gobernar?».

Reza se detuvo bruscamente. El movimiento hizo que ella estuviera a punto de caerse sobre él, pero consiguió sujetarla.

—Le pediré a tu profesora que te haga practicar más los pasos —se oyó decir a sí mismo con suma frialdad—. No te puedes permitir tropezar cuando bailes con dignatarios extranjeros.

Maggy alzó la barbilla y tiró de la mano para que él la soltara, pero él la sujetó con más fuerza.

—Teniendo en cuenta que hasta hace una semana no sabía bailar, creo que no lo estoy haciendo mal —contestó ella con calma, pero Reza creyó oír un viejo poso colérico en la voz de ella.

Era triste, pero le ilusionó.

—Lo que tú creas, princesa, no tiene importancia —dijo él en voz baja, con los ojos fijos en la garganta de Maggy—. Lo que realmente importa es lo que crea yo.

Entonces, cuando ella volvió a tirar de su mano, la soltó.

Maggy dio un paso atrás y, con la barbilla alzada y la mirada desafiante, realizó una perfecta reverencia.

Fue quizá el insulto más elocuente que jamás había recibido.

–Bravo –dijo Reza con ganas de echarse a reír. Sin embargo, no era eso lo que le tenía tenso y casi le dolía–. Pero debo advertirte que será mejor que no repitas ese gesto delante de cualquier otro monarca si no quieres acabar en la guillotina.

–Si te lo has tomado como un insulto es que no debo de haber aprendido bien la lección –le informó ella con un brillo retador en sus ojos de color caramelo–. Su Majestad, os ruego me disculpéis si os he ofendido.

Y esa fue la gota que colmó el vaso; su título en los labios de ella como otro insulto, a pesar de que le acariciaba el cuerpo entero como si de algo muy diferente se tratase.

Sin que fuera su intención y sin saber cómo, la abrazó.

Reza estaba tocando la piel de ella, y no solo la de la mano. ¡Por fin!

–Reza... –susurró Maggy.

Ignoró la súplica porque estaba pegado a ella, tocándola, y eso lo cambiaba todo.

Estaban juntos. Solo ella existía.

Le acarició la suave piel, una y otra vez. Fascinado, la sintió temblar en sus brazos, traicionándose a sí misma. Y se dijo que eso era todo lo que necesitaba saber.

–No vas a engañarme con tus nuevos modales para luego insultarme pronunciando mi nombre, princesa –dijo Reza bajando la cabeza hacia la de ella–. No, eso no va a funcionar.

Maggy colocó las manos en su pecho, pero no para apartarle de sí. Dobló los dedos, pero para agarrarse a las solapas de su chaqueta, para agarrarse a él.

Y la sensual boca de Maggy estaba ahí, casi pegada a la suya...

Reza dejó de fingir que aún podía controlarse. Dejó de fingir que podía resistirse a esa mujer.

Dejó de fingir.

Y se apoderó de la boca de Maggy con la suya.

Capítulo 7

LA BOCA de Reza era tan dura como su aspecto. Severa e intransigente mientras se movía sobre la de ella, saboreándola y asaltándola, animándola a hacer lo mismo.

Y, cuando lo hizo, cuando respondió, el sabor de Reza la llenó. Ardiente, cruel y enteramente Reza.

Fue glorioso. Fue mejor que glorioso.

«Esto no es un sueño», se dijo a sí misma. «Esto no es el beso del cuento de hadas que acaba con todos los demás besos de cuentos de hadas. Y es real».

Pero daba igual. Simplemente, quería más.

Se entregó a esa exigente boca. El beso de Reza era apasionado y suave, la llenó y la acarició, iniciando pequeños fuegos a su paso. Le daba vueltas la cabeza. Se le hincharon los pechos y se le irguieron los pezones. Y en la entrepierna sintió un suave y húmedo calor.

Reza le agarró los brazos con firmeza y la alzó hacia él. Y lo único que Maggy pensaba era que sí, que quería más y más. Deseaba a Reza y deseaba esa severa y dura boca. Quería ir adondequiera que ese deseo insaciable y enloquecedor pudiera llevarla. Quería entregarse a Reza por completo porque le pertenecía.

Quería más.

Se puso de puntillas y hundió los dedos en el pecho de Reza. Él, en respuesta, ladeó la boca para penetrarla más profundamente con la lengua.

Y el mundo estalló.

Todo el deseo y el ardor de las últimas semanas estallaron dentro de ella mientras Reza la devoraba sin compasión.

Pero Maggy quería más. Lo quería todo.

Reza lanzó un gruñido que ella no reconoció y que la hizo estremecer de placer. Algo dentro de sí, algo profundamente femenino, le comprendía.

Se derritió en ese abrazo mientras Reza continuaba besándola sin tregua. Le respondió con todo su ser. Y, de repente, se dio cuenta de que todo había cambiado desde ese momento.

Ser princesa era una cosa. Al parecer, podía representar su papel. Incluso le gustaba.

Pero Reza la estaba besando como si fuera la mujer que ella siempre había querido ser.

Como si de verdad le perteneciese.

De repente, como si le hubiera leído el pensamiento, Reza apartó la boca de la suya. Fue tan rápido e inesperado que casi se sintió mareada, aunque solo duró unos segundos.

Reza respiraba sonoramente, o quizá fuera su propia respiración, no lo distinguía. Pero él no la soltó, continuaba sujetándola con unas manos fuertes y delicadas a la vez, y seguía rodeándola a la altura de los hombros.

Maggy sabía que debería sentirse atrapada, pero no era así. Se sentía segura, más segura que nunca. Y no se dejó intimidar por la expresión seria de Reza.

–Esto no puede pasar –declaró Reza apretando los dientes.

–Creía que querías casarte conmigo –susurró Maggy con voz coqueta, algo que no había hecho nunca. Ella jamás había coqueteado–. ¿Cómo vamos a estar casados sin hacer esto?

Reza, entonces, la apartó de sí y la sensación de pérdida fue sobrecogedora. Era como si la hubiera golpeado. Se tambaleó momentáneamente, toda ella deseaba estar junto a él. Pegada a él. La distancia entre ambos era una bofetada.

–Nuestro matrimonio se basará en la cortesía y el respeto mutuo –declaró Reza–. No en este... implacable deseo.

Maggy ladeó la cabeza; después, cruzó los brazos sin importarle que la profesora le hubiera prohibido adoptar esa postura, cosa que le recordaba incesantemente.

–Reza, siento decirte que la cortesía y el respeto no producen herederos –dijo ella con voz templada–. Lo de la cortesía y el respeto está muy bien para saludar, pero nada más.

–Yo soy así –insistió él con voz muy ronca y ojos de un gris tormentoso.

Maggy se dio cuenta de que Reza estaba enfadado; pero, instintivamente, sabía que Reza sentía algo más. Lo sintió dentro de sí, era un calor distinto.

–En mi vida no hay cabida para esa clase de distracción –concluyó Reza.

–¿Por «esa clase de distracción» te refieres a una esposa? ¿O una reina? ¿O te estás refiriendo a los besos?

Entonces, le vio cambiar allí mismo, delante de sus ojos. Le vio retraerse, encerrarse en sí mismo. Su expresión se tornó fría. Sus ojos se aclararon y los labios se volvieron firmes. Se enderezó e irradió un poder que inundó la sala.

Volvía a tener delante al rey de Constantines en todo su esplendor.

Pero ella había besado al hombre. Quería que el hombre volviera. Quería la tormenta.

—Estás asumiendo tu papel admirablemente —dijo él en ese tono altanero y severo que ella sabía que debería odiar. Lo sabía. Sin embargo, le atraía—. Creo que podremos presentarte al mundo antes de lo esperado.

—¿Los reyes no besan? —preguntó ella en tono ligero y, en cierto modo, provocativo—. No sabía que iba contra el protocolo.

Reza la miró con la arrogante perplejidad que había mostrado en el café la noche que se conocieron.

—Perdona, ¿qué has dicho?

Maggy se encogió de hombros.

—Pareces... disgustado. Se me ha ocurrido que quizá haya alguna regla del protocolo que prohíba que los labios de los reyes rocen los labios de otra persona.

Reza apretó la mandíbula visiblemente.

—No, no hay ninguna regla al respecto.

—En ese caso, el problema soy yo —dijo ella mirándole a los ojos—. ¿Es eso lo que pasa? ¿Es para ti un problema besar a una pobretona sin educación?

Reza pareció expandirse, llenar la estancia.

—Te veré a la hora de la cena —dijo él con voz gélida–. Hablaremos de los reyes de Constantines y Santa Domini.

–Muy interesante –respondió ella con voz igualmente fría.

–Este desafortunado episodio no se volverá a mencionar –declaró Reza con rigidez–. Y no eres una pobretona sin educación, eres hija de reyes. Y, para tu información, yo no tengo problemas con nada ni con nadie. Soluciono mis problemas o me posiciono por encima de ellos, lo correcto tratándose de un hombre de mi posición.

–¿Es por eso por lo que te enfada tanto el pequeño beso que acabamos de darnos, porque estás por encima de eso? –preguntó Maggy sonriendo ahora que había aprendido a hacerlo con facilidad.

Pareció como si Reza fuera a contestar; sin embargo, se limitó a inclinar la cabeza. Después, se dio media vuelta y salió del salón.

Maggy se quedó donde él la había dejado. Respiró hondo en un intento por tranquilizarse. Le daba la sensación de tener los labios hinchados, agredidos dulcemente por él, y se permitió el lujo de acariciárselos con las yemas de los dedos, como si así pudiera conjurar el beso.

Lo cierto era que todo había cambiado esa tarde. Estaba segura de que Reza también lo sabía; de lo contrario, ¿por qué motivo iba a reaccionar como lo había hecho?

Hasta ese momento, Maggy casi se había convencido a sí misma de que había aceptado asumir el papel de princesa que se le había asignado porque estaba cansada de la vida sin expectativas que había llevado en Vermont. Le habían ofrecido un pasado, una familia, una historia. Y se había dicho que eso era lo único que importaba.

Pero se había engañado a sí misma. No estaba allí solo por su obstinación en soñar con ser la princesa de un cuento de hadas y los análisis de sangre que demostraban que lo era, estaba allí por Reza.

Había accedido a casarse con él no por cumplir su sueño. Había abandonado su vida en Estados Unidos porque Reza había ido a buscarla y la había encontrado. Él. Ninguna otra persona. No un periodista dedicado a seguir los pasos de todos los miembros de la realeza europea. No un hermano al que aún no conocía.

Y se había volcado en transformarse en otra Maggy, en abandonar a la Maggy que sabía que era una pobretona sin educación a pesar de que Reza fuera de distinta opinión. No se estaba preparando para ser reina porque le apeteciera especialmente serlo ni porque la ropa fuera extraordinaria.

En el fondo, si era realmente sincera consigo misma, lo que estaba haciendo era tratar de convertirse en la clase de mujer que Reza quería.

Todas las noches se sentaba con él a la mesa en el comedor y hacía lo imposible por controlar esa lengua mordaz suya. Todas las noches hacía comentarios pertinentes y utilizaba los cubiertos adecuados para demostrar que había aprendido las numerosas lecciones que le daban. Se sentaba adoptando una elegante postura y participaba en el tipo de fácil y sofisticada conversación tal y como le habían enseñado y que diferenciaba a una reina de un miembro de las masas. Educada e irónica a la vez, convincente pero sin mostrar obstinación.

–No se puede forzar una opinión en una cena formal –le repetía *madame* Rosso.

–¡Porque no debo llevarle la contraria jamás a un hombre! –había exclamado ella en una ocasión.

La antigua niñera del rey la había mirado directamente a los ojos y le había contestado:

–Es una cuestión de diplomacia. Usted es una princesa y, por lo tanto, no va a estar sentada con gente de la calle, sino con gente que trata sobre asuntos de Estado. Y cuando se habla de política en mitad de una cena invariablemente causa indigestión. Las comidas son el momento en el que todos se comportan como si el mundo fuera perfecto, la guerra y los problemas no existen, y todo aquel sentado cerca de usted es un amigo.

–Y nadie necesita oír la opinión de una princesa –Maggy había arrugado la nariz–. Está bien, lo he comprendido.

–La cuestión es que una princesa es un símbolo –había añadido *madame* Rosso–. Usted es un amable y benevolente recuerdo de un tiempo ya pasado. A eso se le llama actuar con gracia, Su Alteza. En público, es su principal arma; en privado, por supuesto, no deberá tener problemas para expresar libremente sus opiniones a quienquiera que sea y de la manera que elija.

Maggy había descubierto que quería actuar con «gracia». Quería ser un símbolo de algo positivo. Quería desempeñar bien su papel de princesa.

Pero, sobre todo, quería pertenecer a Reza.

Por fin lo había admitido. Quería pertenecerle a él.

Dos noches más tarde, después de una serie de insufribles comidas formales, Maggy decidió probar suerte. Reza había calificado de «implacable deseo» lo que había ocurrido entre los dos. Ahora, quería ver hasta qué punto él la deseaba.

Porque ella se volvía loca de deseo.

Tras otra cena estrictamente formal en el comedor, se trasladaron a uno de los muchos salones de la villa. Reza elegía uno distinto cada noche, pero en todos ocurría lo mismo: se sentaban y hablaban de temas inocuos.

—Esto es ridículo —le había dicho ella una de las primeras noches que habían hecho eso—. No voy a contarte lo que hacía en los veranos cuando era pequeña. ¿Qué puede importarte eso?

—Se llama entablar conversación —le había replicado él—. Es como bailar. Se trata de hacer que el ambiente se torne amable y ligero con el fin de que la persona con la que se está hablando se encuentre a gusto.

—Si la persona con la que estoy hablando no se encuentra a gusto después de que le hayan servido cien platos y un montón de postres, no creo que lo consiga que yo me siente aquí y empiece a contar amables mentiras.

—No es necesario que mientas.

—Ah, estupendo. En ese caso, hablaré del verano que trabajé en un pequeño supermercado con el fin de ahorrar lo suficiente para comprarme un par de zapatos para ir a la escuela el curso siguiente. Pero después, la dueña de la casa de acogida en la que estaba me robó los zapatos nuevos y se gastó el dinero en bebidas alcohólicas. Aunque también podría hablar de aquella vez que solo conseguí trabajo de camarera en un motel de dudosa reputación y el gerente me despidió porque me negué a acostarme con él. O también podría hablar del verano que, por fin, conseguí un trabajo estupendo de dependienta de una boutique en la Calle Mayor, pero me tuvieron que despedir porque, como no tenía coche y estaba bastante lejos, llegaba todas las mañanas sudada y hecha un desastre, y no querían que su dependienta presentara ese aspecto.

–Está bien, mensaje recibido –le había contestado Reza en tono de censura.

Pero ella lo había ignorado.

–¿Y tú? ¿Qué hacías durante el verano? –le había preguntado ella–. ¿Sacar brillo a las joyas de la corona? ¿Matar faisanes por diversión?

–Dedicaba mis veranos a obras de caridad –le había respondido él, sorprendiéndola–. Desde que tenía diez años, una obra de caridad diferente cada verano; normalmente, cada una en un país y por una causa distintos, pero casi siempre trabajaba en lo que tocara. En muchas ocasiones trabajé con niños enfermos, desgraciadamente, aunque también llegué a cavar trincheras.

Reza la había mirado y se había interrumpido antes de añadir:

–No me criaron para que me convirtiera en la clase de rey cruel y egoísta que pareces creer que soy. Mantenemos este tipo de conversaciones ligeras después de la cena por dos motivos: en primer lugar, conseguir que el ambiente sea alegre, te permite guiar a tus invitados en la dirección que te interesa. En segundo lugar, normalmente se habla de cosas serias después de una buena cena acompañada de buena bebida. Todo eso no ocurre si la conversación no fluye y todo el mundo está callado.

Maggy le había mirado a los ojos.

—En ese caso... ¿yo no soy más que una diversión?

Reza no había llegado a sonreír.

—En una ocasión, en una sala llena de hombres a punto de declararse la guerra, mi madre consiguió seducirles con anécdotas sobre las fiestas a las que había asistido cuando era joven. Fue una charla vana, pero les hizo reír y permitió a mi padre tener una charla privada con un hombre, apodado el Carnicero de los Balcanes, que tornó más distante el ruido de los tambores de guerra —Reza había agitado el líquido de color ámbar en su vaso—. No subestimes nunca la importancia de la distracción, princesa.

Esa noche, después de la cena, se acomodaron en el salón preferido de Maggy, lo que ella consideró un buen presagio. Era un viejo estudio que se parecía más a una biblioteca que a un frío cuarto de estar. Había un antiguo globo terráqueo y estanterías con libros. La chimenea estaba encendida y el tormentoso frío invernal quedaba fuera.

A Maggy le gustaba el ruido de la lluvia al golpear los cristales de las ventanas, le recordaba el deseo del que Reza había hablado. La hacía sentirse más valiente quizá de lo que debería.

Reza estaba hablando de algo tan poco relevante respecto a lo que ella estaba pensando que no se molestó en fingir estar prestándole atención.

Reza le había dado una copa de algo dulce y alcohólico, pero ella lo había dejado después de solo probarlo.

Tardó unos segundos en darse cuenta de que Reza se había callado. La habitación estaba en silencio. Solo se oía el chisporrotear del fuego y la lluvia contra los cristales. Reza la miraba a los ojos con expresión indescifrable y amenazante.

El problema era que no consiguió intimidarla. Le gustaba así, frío e imponente. En realidad, le gustaba, simplemente.

–Te pido disculpas si te estoy aburriendo –dijo él, sin disculparse en absoluto.

Entonces, Maggy, nerviosa, se puso en pie.

Quería saber si ese beso había sido una equivocación o, por el contrario, un nuevo comienzo para los dos.

–Quiero darte las gracias –dijo ella.

Reza, sentado en un sillón, se abrió la chaqueta de otro perfecto traje que ella ahora ya sabía le hacían a medida. Sabía que tenía muchos trajes, todos a su medida y gusto, una canción de amor dedicada a su sólido y escultural cuerpo.

Reza no abrió la boca, lo que era más alarmante que cualquier cosa que hubiera podido decir. Se limitó a observarla mientras ella se le acercaba. Continuó callado cuando Maggy se detuvo delante de él, dentro del espacio entre sus piernas abiertas.

–Me lo has dado todo –dijo ella.

Y aunque había tenido la intención de hacer un comentario animado y ligero, tal y como le habían enseñado, lo que dijo no era más que la pura y simple realidad.

«Bueno, ya no tiene sentido seguir fingiendo».

–Quiero darte algo a cambio –añadió Maggy obligándose a continuar.

–Me vas a dar tu mano dentro de poco –respondió Reza con voz quizá demasiado ronca y baja, mirándola de una forma que hizo que le hirviera la sangre en las venas, que hizo que sintiera esa mirada como una caricia. Y, lo más importante, Reza no la ordenó que se apartara de él o que volviera a sentarse–. Eso es más que suficiente.

–No puedo regalarte nada porque tienes cualquier cosa que pudiera darte –declaró ella con ojos oscurecidos–. Por eso voy a entregarte algo que no le he dado a nadie. Nunca.

La mirada de él se tornó tormentosa.

–Princesa, eso no es necesario.

Pero Maggy no tenía intención de prestar atención al tono de advertencia empleado por él. Deseaba aquello con locura. Le deseaba a él con locura. Y estaba harta de renunciar a lo que quería.

No, ya no quería que su vida fuera una renuncia. Eso era darse por vencida. Había comenzado una nueva vida. Reza era su nueva vida.

Quería disfrutar, empezando por él.

Haciendo acopio de valor, se arrodilló delante de él, entre sus piernas.

–Maggy...

Le gustó oír su nombre en labios de Reza.

Arrodillada, se acercó a él y puso las manos en sus muslos; después, las deslizó hacia su vientre. El objetivo era obvio.

Reza no se movió. En realidad, se quedó más quieto aún, como si fuera de piedra, pero una piedra caliente y viril.

Maggy sintió un hormigueo en el vientre que le bajó a la entrepierna. Echó la cabeza hacia atrás para mirarle a los ojos, y vio demasiado gris y demasiada plata en ellos. Y, cuando vio la mandíbula de él tensarse, ya no pudo contenerse.

Movió la mano, deleitándose en la dureza de los muslos de Reza, fuertes y poderosos, ardientes. Y sintió más que vio a Reza aferrarse a los brazos del sillón.

–Maggy...

Había pronunciado su nombre para hacerla parar, Maggy lo entendió perfectamente. Pero no había sido una orden.

Por eso, no paró.

Continuó moviendo la mano y le rozó la bragueta del pantalón al agarrar la hebilla del cinturón.

Reza dio un respingo, como si fuera a sujetarla, pero no lo hizo.

Maggy, con el corazón palpitándole violentamente, le desabrochó el cinturón y le bajó la cremallera de los pantalones. Le temblaron las manos. No sabía qué era peor, si el deseo que la hacía temblar o el miedo a que Reza la detuviera en cualquier momento; sobre todo, ahora que por fin estaba tan cerca de conseguir lo que deseaba.

Metió la mano en la abertura, sacó la parte más

dura de Reza y cerró los dedos sobre el firme miembro. Tragó saliva y le miró a los ojos mientras, con deleite, movía la mano por la sedosa longitud.

Reza parecía tan fiero, tan cruel... pero no la asustaba. Nunca la había asustado. Ahora comprendía el significado del brillo de esos ojos grises, como la noche que la había besado. Se debía a lo mismo que le ocurría a ella, se debía a esa enloquecedora pasión, a ese mismo deseo.

Y sabía, dijera lo que dijese Reza, que la deseaba tanto como ella a él.

Entonces, bajó la cabeza, le tomó en su boca y le succionó profundamente.

Capítulo 8

REZA logró no ponerse en ridículo allí mismo. La cálida y hábil boca de Maggy le poseyó, el mundo estalló en pedazos rojos y ardientes de puro placer y casi se deshizo.

Casi.

Lo tomó profundamente. Después, rodeó la base del miembro con los dedos y se lo acarició con la lengua. Se lo sacó de la boca, acarició la punta y volvió a tomarlo profundamente.

Maggy había dicho que no había hecho eso nunca y le sorprendió lo posesivo que el comentario le hacía sentirse.

La falta de experiencia de ella, compensada con creces por su entusiasmo y ardor, junto con su húmeda boca iban a matarle.

Pero valía la pena morir así.

Continuó aferrando los brazos del sillón y dejó que Maggy siguiera jugando con él.

La sintió por todas partes, en todo su cuerpo.

Nunca había deseado nada ni a nadie como deseaba a Maggy.

Sabía que debería estar alarmado por ese deseo que rayaba en la desesperación. Sabía en qué se convertiría si se entregaba a ella por completo. Sabía que debía apartarla de sí, recuperar el control sobre sí mismo y volver a la fría y clara distancia entre ellos si no quería que todo se derrumbara.

Pero no podía hacerlo.

No quería hacerlo.

Deseaba a Maggy. Deseaba a su princesa, a su futura reina, a la mujer que le habían prometido en matrimonio cuando era pequeño.

Y deseaba a esa desesperadamente hermosa mujer arrodillada delante de él, tan real como la vida misma, que le estaba volviendo completamente loco.

Se había condenado a sí mismo al besarla en el salón de baile.

Y, en ese momento, dejó de importarle todo lo que no fuera ella, su princesa, arrodillada entre sus piernas, con la boca llena de él, a punto de hacerle estallar.

—No —escupió Reza, solo consciente de la aspereza de su voz al oírse a sí mismo. El eco de ese fiero e incontrolable deseo retumbó en la estancia.

Maggy se quedó inmóvil, liberó su boca, pero continuó rodeándole con las manos.

Seguía siendo demasiado.

Reza murmuró algo en italiano, una maldición o una plegaria, no lo sabía. Entonces, apartó a Maggy de sí para evitar perder el poco control de sí mismo que tenía. Al mismo tiempo, se deslizó del sillón al suelo hasta quedar arrodillado junto a ella.

Reza tomó el rostro de Maggy en sus manos, un rostro exquisito, extraordinario, inteligente, encantador y... suyo.

–Reza –susurró ella agarrándole las muñecas–, quiero...

–Yo también quiero –dijo él, interrumpiéndola–. Y créeme, princesa, tengo intención de conseguir lo que quiero. Todo lo que quiero.

Tras pronunciar esas palabras, Reza se apoderó de la boca de ella con la suya y dejó que ese ardiente deseo le envolviera. No lograba saciarse, no conseguía tenerla lo suficientemente cerca.

Ladeó la cabeza y entrelazó la lengua con la de Maggy, dejándose llevar por la pasión. Hundió los dedos de una mano en los espesos cabellos castaños de Maggy mientras, con la otra, le acariciaba la espalda y luego las nalgas.

Pero seguía sin ser suficiente.

Reza devoró aquella sensual boca que tanto había deseado; sobre todo, desde el beso en el salón de baile. Sintió el temblor de Maggy mientras le devolvía los besos y frotaba los senos contra su pecho como si estuviera tan desesperada y tan impaciente como él.

Todo había cambiado aquella noche.

Las defensas se habían derrumbado.

Había muchas razones por las que no debería hacer lo que estaba haciendo. Sin embargo, con Maggy en sus brazos, con sus bocas unidas y con el esbelto cuerpo de ella apretado contra el suyo, no consiguió recordar ninguna de esas razones.

Al demonio con ser rey de Constantines.

Esa noche era solo Reza.

Con Maggy, eso le pareció una revelación en vez de un desastre.

Se perdió en el sabor de ella, en el aroma a vainilla y coco de su piel... como un toque tropical en medio de una tormenta invernal. La pura e irresistible perfección de su boca y su sabor le sobrecogieron.

Reza se perdió en esas sensaciones. En ella. En la perfección de la que había sido su desaparecida princesa; ya, por fin, donde debía estar.

Le regaló múltiples caricias y la hizo gemir en su boca. Le mordisqueó el cuello y la hizo estremecer. Bajó la cabeza para probar la abultada suavidad de esos senos por encima del escote del vestido y la pasión que eso provocó hizo que ambos acabaran tumbados en la espesa alfombra.

Maggy, debajo de él, con los ojos brillantes y los labios húmedos.

«¡Por fin!».

Reza recordó el momento en que la vio por primera vez, en el café, arrodillada, mirándole como a un inoportuno intruso. Recordó el momento en el que, en el coche, Maggy se quedó dormida con la cabeza en su hombro...

Y todavía podía sentir su miembro en la boca de ella.

Maggy era suya. Era completamente suya.

«¡Por fin!».

Los ojos de Maggy se habían agrandado y oscurecido debido a la misma pasión que se había apoderado de él. Su cabello castaño la rodeaba como una nube y brillaba bajo la luz del fuego de la chimenea.

Reza se incorporó ligeramente, apoyándose en un codo, y la contempló. Quería grabar esa imagen en su memoria y llevarla siempre consigo.

Maggy, en ese momento, le bajó la chaqueta por los hombros hasta donde le fue posible y él acabó quitándosela. Y lanzó un quedo gemido cuando Maggy deslizó las manos por debajo de la camisa y le acarició la piel desnuda.

Era como el fuego. Era mejor que el fuego. Necesitaba... todo.

—Necesito estar dentro de ti —dijo Reza con voz ronca.

Ya no le preocupaba la apasionada desesperación que sentía. No le importaba haber perdido el control.

No le importaba sentirse solo un hombre, no un rey.

Debería haberle alarmado, pero Maggy le estaba acariciando y le estaba besando.

—Yo también lo necesito —susurró ella—. Te necesito, Reza.

Todo volvió a cambiar.

Hubo más ardor. Más pasión. Más intensidad.

Reza tiró de la fina tela del vestido de seda de Maggy y se lo quitó con más resolución que sutileza. Pero no le importaba haber perdido delicadeza y menos cuando las esculturales piernas de ella estaban a la vista.

Subió una mano por una pierna, apreciando la dureza del muslo de Maggy, y continuó hasta alcanzar la diminuta prenda de encaje que le cubría el sexo.

Mantuvo la mano en el aire, por encima del triángulo de la prenda, y con la mirada fija en ese punto. Por fin, bajó la mano, la deslizó por debajo del encaje y encontró el centro de ese húmedo calor.

Maggy tembló cuando él la acarició con un dedo. Con dos. Caliente y suave...

Maggy iba a hacerle morir de placer y no se le ocurría mejor manera de abandonar este mundo que rodeado de ese líquido fuego.

—Maggy...

Pero no supo qué más decir. Ni siquiera sabía si había querido decir algo o si, simplemente, había querido pronunciar el nombre de ella.

—Por favor... —rogó Maggy, agitándose debajo de él, invitándole, incitándole—. Por favor, Reza...

—Guíame con tus manos, princesa —ordenó Reza con voz ronca—. Introdúceme.

La sintió estremecerse. Vio pasión en el rostro de ella, en el brillo de sus ojos.

Entonces, Maggy volvió a agarrarle el miembro, un tormento y un deleite. Cerró los dedos a su alrededor, levantó las caderas y, mientras apartaba a un lado la prenda de encaje con una mano, con la otra le guio para que se introdujera en ella.

Reza bajó la cabeza y la besó en la boca al tiempo que Maggy alzaba más las caderas para facilitarle la penetración.

Agarrándole las nalgas, Reza la colocó tal y como quería, y por fin la penetró. Más y más adentro. Demasiado ansioso para perder el tiempo desnudándose del todo.

Y, por fin, cuando se encontró completamente dentro de ella, ambos se quedaron muy quietos mirándose a los ojos.

El resto del mundo desapareció. Lo único real era aquello. Lo único real eran ellos dos.

Su princesa. Su reina. Por fin.

—Por favor... —susurró Maggy.

Y Reza pensó que jamás había oído un sonido más bonito que la súplica de su princesa.

Entonces, Reza comenzó a moverse.

Se lanzó a la hoguera una y otra vez. Fue una posesión salvaje, profunda y codiciosa.

Fue perfecto. Ella era perfecta.

Maggy le rodeó con las piernas, pero Reza quería aún más y más profundamente. No lograba saciarse de ella.

Y, de repente, sintió que no podía más. Estaba a punto de perder el control.

Bajó la mano, tocó el centro de Maggy y se lo frotó.

–Déjate ir... –rugió él junto a la garganta de ella.

Y Maggy le obedeció. Se puso tensa, su cuerpo se sacudió espasmódicamente y entonces gritó el nombre de él.

Y Reza la siguió al otro extremo del mundo.

Era una noche tormentosa.

Pero más tormentoso era lo que había entre Reza y ella, dentro de la casa, resguardados de la lluvia.

Cuando recuperó el sentido, allí en el suelo del estudio, se sintió destrozada... pero de forma maravillosa y gloriosa. Era como si su piel no pudiera contener todo lo que sentía por dentro.

Reza se incorporó encima de ella. Su expresión era seria e indescifrable.

Durante un momento no supo dónde acababa la lluvia ahí fuera y dónde empezaba él.

Entonces, Reza alzó una mano y le acarició el

rostro con reverencia, como si fuera algo precioso para él. Como si la quisiera...

Maggy sabía que eso era una tontería. Solo conseguiría hacerse daño a sí misma si pensaba esas cosas. Reza era, sobre todo, un hombre poderoso e implacable.

Creyó que Reza iba a decirle algo. Creyó que Reza iba a recordarle que él era el rey y que ella, al igual que el resto de los mortales, era inferior a él. Creyó que iba a decirle que él era la autoridad allí, que el poder era suyo y de nadie más.

Pero Reza no pronunció una sola palabra.

Después de un prolongado momento en el que se había perdido en esos ojos grises, Reza salió de ella y se echó a un lado. La sensación de pérdida fue indescriptible.

Reza se levantó del suelo, con una gracia de la que no era consciente y que le hacía quien era, y se subió los pantalones. Después, bajó la mirada y se quedó contemplándola, allí en el suelo, encima de la alfombra.

Sin disimulos.

Vio algo en la expresión de él, pero fue algo tan fugaz que no le dio tiempo a entenderlo. Después, vio que Reza le tendía una mano.

Sin saber por qué, el gesto la hizo verse a sí misma de nuevo en el café de Vermont. Al momento, se le hizo un nudo en la garganta.

En un intento por recuperar la compostura, Maggy se incorporó hasta sentarse y se bajó el vestido para cubrirse las piernas.

Reza, sin moverse de donde estaba, siguió ofreciéndole la mano. Parecía dispuesto a pasarse así toda la noche si era necesario.

«La única razón por la que no sabes si aceptar su mano o no es porque le deseas demasiado pero no quieres que él se dé cuenta», se dijo a sí misma con sinceridad.

Al final, decidió que eso era una estupidez. Ya había demostrado con creces lo mucho que le deseaba. ¿Qué sentido tenía fingir lo contrario?

Maggy agarró la mano de Reza y le permitió ayudarla a ponerse en pie.

Entonces, sorprendiéndola, le vio agacharse para levantarla en sus brazos.

—Reza...

Pero Reza, sin lanzarle una sola mirada, comenzó a caminar.

—Sssss —murmuró él al salir del estudio para dirigirse a sus habitaciones.

Maggy se calló.

Reza atravesó la suavemente iluminada casa con ella en brazos. Maggy se limitó a rodearle el cuello con un brazo y le dejó llevarla a donde quisiera.

Al pasar de largo la puerta de su habitación, Maggy lanzó un suspiro y apoyó la cabeza en el fuerte hombro de él.

Reza la llevó a su suite y cruzó el cuarto de estar sin detenerse. Desembocaron en un vestíbulo, pasaron por delante de lo que parecía un despacho y luego otro.

Maggy alzó la cabeza cuando entraron en otra habitación. Esa vez, Reza cerró la puerta con el pie.

En la estancia había una enorme chimenea de piedra que ocupaba toda una pared, el fuego ardía en el hogar. Delante de la chimenea había un sofá y varios sillones.

Pero Reza no la llevó allí, sino que la depositó en una vasta cama con cuatro postes de madera tallada, pero sin dosel. Eso sí, el colchón era inmenso y la ropa de la cama suave y oscura.

Pero eso carecía de importancia en comparación con el hombre que estaba de pie junto a la cama con los ojos fijos en ella. Parecía más un mito que un hombre.

Reza guardó silencio.

Pero su expresión era intensa y feroz, por lo que Maggy decidió imitarle.

Reza la desnudó con cuidado. Le acarició los tobillos al desabrocharle las correas de los zapatos y quitárselos. Le bajó la cremallera a un lado del vestido y la hizo alzarse para sacárselo. El brillo de sus ojos se intensificó al verla solo con las diminutas bragas; pero, en vez de abrazarla, deslizó los dedos por el borde de la pequeña prenda de encaje y se la bajó por las piernas para quitársela.

Reza contempló su desnudez durante un tiempo. Se pasó la mano por el pelo, casi como si se estuviera preparando. Después, le acarició la garganta antes de agarrarle los pechos y acariciarle los pezones.

Entonces, Reza bajó la cabeza, tomó posesión de uno de sus pezones con la boca, y lo succionó hasta conseguir que se irguiera. Cuando dejó ese pezón y pasó al otro, la pasión ya había vuelto a apoderarse de ella, haciéndola temblar.

Reza, entonces, se apartó.

Maggy se arrodilló en la cama para verle desnudarse con una fiereza que la hizo arder.

Reza era hermoso. Todo él ángulos pronunciados, músculos y fuerza viril.

Por fin, Reza se reunió con ella en la cama y, rodeándole la cintura con un brazo, la llevó al centro del colchón.

–Reza...

Pero no pudo continuar. El deseo le quitaba el habla, la respiración. Los muslos de Reza eran una delicia contra los suyos. Sintió la dureza de su miembro, pulsante e insistente, en el vientre.

Entonces, Reza se incorporó apoyándose en un codo y se la quedó mirando mientras le acariciaba el cabello.

–Calla, princesa –murmuró él–. No es momento para hablar, sino para actuar.

Después de esas palabras, se apoderó de su boca, demostrándole lo que había querido decir.

Saboreó todo su cuerpo, arrasándola con su pasión.

Maggy gimió y suplicó hasta que, por fin, Reza se colocó encima de ella y la miró con los ojos oscurecidos por el deseo.

Nada más penetrarla, Maggy estalló.

–¡Qué hermosura! –murmuró Reza mientras ella se sacudía espasmódicamente–. Eres sumamente hermosa, mi Magdalena.

Reza comenzó entonces a moverse dentro de ella.

Lenta y perezosamente.

Con insoportable ardor.

Le hizo el amor con suavidad y pasión, penetrándola más y más profundamente, procurándole más y más placer.

Reza jugueteó con su boca y con sus pechos como si tuvieran todo el tiempo del mundo. Y, cuando ella alzó las caderas hacia él, cuando la tensión ya era insoportable y la hizo aferrarse a él y gemir su nombre, él, por fin, se dejó arrastrar con ella hacia el abismo.

Maggy le abrazó mientras Reza gritaba su nombre.

Tardaron mucho tiempo en moverse. Reza fue el primero en hacerlo y, cuando cambió de postura, la miró.

Maggy tuvo que morderse la lengua para no decir lo que quería escapar de sus labios: verdades a las que no había querido enfrentarse pero imposibles de evitar ahora que estaba allí desnuda junto a Reza.

No sabía qué vio Reza en su expresión, pero siguió sin hablar.

Esa vez, al separarse de ella, Reza la tomó en sus brazos y la llevó al cuarto de baño. La depositó en el suelo de una enorme ducha y, con expresión seria, la lavó.

Cuando los dos estuvieron limpios, Reza volvió a llevarla a la cama, se acostó con ella y la abrazó.

Fue entonces cuando Maggy consideró que era el momento perfecto para decir lo que se moría de ganas por decir.

Pero la lluvia golpeando los cristales y el silencio invitaban a la contemplación.

Y se quedó dormida en los brazos de Reza, con la cabeza sobre su hombro y el fuego de la chimenea proyectando luces y sombras sobre ellos.

Volvieron a hacer el amor varias veces en el transcurso de la noche.

La última vez que se despertaron estaba amaneciendo y la lluvia había cesado por fin.

Reza la hizo sentarse encima de él y entonces la penetró.

Le tocaba a ella establecer el ritmo y decidió ir despacio. Se habían acoplado tan bien que parecían ser uno.

Un cuerpo. Una mente.

«Un corazón», pensó ella, aunque sabía que no debía albergar esos pensamientos.

Cuanto más excitada estaba, cuanto más se deseaban ambos, más cuenta se daba de ello. Tras cada roce, tras cada caricia más necesitada estaba de él. Y eso la estaba devorando viva.

–Una vez más –le pidió Reza con la boca pegada a su garganta cuando la tensión era ya insoportable–. Una vez más.

Y estallaron en mil pedazos, juntos, deliciosamente.

Maggy apoyó la frente en la de él mientras trataba de recuperar la respiración. Él seguía dentro de ella; demasiado grande, demasiado difícil de manejar... Demasiado.

Aunque nunca había sentido lo que sentía por él, sabía lo que era.

–¿Te pasa algo? –preguntó Reza en voz baja y suave, con ternura.

Maggy no podía moverse. No podía abrir los ojos.

–Me pasa que... que te quiero –confesó Maggy abrazada a él.

Maggy tardó unos segundos en darse cuenta de lo que acababa de decir.

Tardó aún más en darse cuenta de que Reza, debajo de ella, se había quedado de piedra.

Se apartó de él para mirarle el rostro y se le rompió el corazón.

Reza parecía una estatua. Remoto e inaccesible. Más amenazador que nunca.

–Reza –susurró ella–. Olvida lo que he dicho. Olvidemos que...

–No –la interrumpió Reza con aspereza.

Entonces, Reza la apartó de sí y la dejó a un lado, con cuidado, como si fuera una figurita de porcelana, pero lejos de su alcance.

Y, cuando la miró, Maggy solo vio en sus ojos un gris frío como el de la pizarra.

–No –repitió Reza–. No puedes quererme. Es imposible. Es inaceptable.

Capítulo 9

NO, TÚ no me quieres –rugió Reza, como si así pudiera borrar lo que ella había dicho–. Eso es inaceptable a todos los niveles.

Pero el pecho le dolía como si fuera a abrírsele. No solo el pecho, le dolía el cuerpo entero, como si fuera un hombre normal después de una noche de juerga. Por supuesto, no necesitaba drogas ni alcohol, Maggy era una droga suficientemente fuerte para él. Mucho más potente que cualquier otra.

No debería haber permitido que ocurriese aquello. Sabía exactamente a lo que le conduciría. Se pasaría el resto de su vida lamentándolo.

Maggy seguía en medio de la enorme cama en la que apenas habían dormido en toda la noche.

Y seguía deseándola.

Se dirigió al vestidor, se puso un par de pantalones para hacer ejercicio y, al volver al dormitorio, encontró a Maggy de pie junto a la cama abrochándose una camisa de él.

No quería fijarse en lo pequeña y delgada que parecía con su camisa, tampoco en sus piernas desnudas.

Cuando Maggy terminó de abrocharse la camisa, alzó la barbilla y le miró a los ojos.

Se odió a sí mismo al verla abrazarse como si sintiera la necesidad de protegerse de él. Y se sintió el sinvergüenza más grande del mundo.

Reza sabía que lo era; pero, a pesar de ello, se negó a acercarse a Maggy para abrazarla de nuevo, para calmarla. No podía hacerlo, Maggy, con las palabras que había pronunciado, había empeorado una situación que ya era mala de por sí.

–No era mi intención decir eso –explicó Maggy con voz queda–, pero tampoco significa que no sea verdad.

–No puede ser verdad.

Reza se cruzó de brazos y trató de ignorar lo mucho que Maggy le atraía con esa maldita camisa. No debía perder el control como le había ocurrido toda la noche.

–Esto no debería haber pasado jamás –añadió él indicando la cama con un movimiento de la barbilla–. Jamás.

–No sé de qué estás hablando –declaró ella con voz templada. Tranquila–. Eso era lo que se esperaba que ocurriera. Para esto fuiste a Vermont a buscarme, ¿no?

–Necesito una reina, no una amante –le espetó él–. No dispongo de tiempo para juegos amorosos y mucho menos contigo.

Durante un momento, le pareció que la había roto. Y se odió a sí mismo.

Pero esa era su Maggy, una superviviente. Había logrado sobrevivir veinte años en terribles circunstancias. Había sobrevivido las últimas semanas. Una dura conversación al amanecer no la iba a hacer mucho daño.

Entonces, la vio acercarse a él.

Estaba tan cerca que podía olerla. Vainilla, coco y su propio aroma. Su Maggy. Ahora la conocía. Conocía su olor y su sabor. La había acariciado entera con la boca y las manos.

De repente, su cuerpo cobró vida una vez más, lo que debería ser imposible después de la noche que habían pasado. Pero nada era imposible con Maggy. Nada en absoluto.

Se había metido en un verdadero lío.

–Vas a tener que explicarme por qué el sexo entre los dos es un problema –dijo ella, aún con la voz templada, aún controlándose–. Y también vas a tener que explicarme por qué te asusta tanto; cuando, en mi opinión, deberías estar encantado. ¿Qué problema ves en tener una reina y una amante?

–Esto no puede ser –repitió él con voz gélida–. Soy un rey, no puedo permitirme que nada me distraiga de mis responsabilidades y obligaciones.

Maggy sacudió la cabeza.

–¿De qué estás hablando?

–Ya te lo he dicho, soy un rey. Debo dedicarme por entero a mi gente, no a los placeres de la carne. Eso solo conduciría a mi perdición. Créeme.

–Vas a casarte conmigo, Reza. Has dicho que quieres que te dé herederos. ¿Cómo piensas que eso va a ocurrir?

–Así, no. Yo soy un...

–¡No vuelvas a decir eso! –le gritó Maggy.

Y Reza no supo cuál de los dos se quedó más perplejo.

Maggy parecía tan sorprendida como él se sentía, aunque no creía que eso fuera posible. En realidad, Reza no recordaba que nadie nunca le hubiera levantado la voz.

¿Por qué eso no le provocaba más que el deseo de volver a abrazarla otra vez? ¿Qué le pasaba? ¿Por qué seguía allí enzarzado en esa conversación?

Pero continuaba sin poder moverse. Continuaba sin poder dejarla.

Se sentía destrozado.

–¡Para! –exclamó ella con voz ronca–. Sí, eres un rey, lo sé. Pero también eres un hombre.

–Ese es el problema –dijo Reza apretando los dientes–. Debo ser más que un hombre. Debo estar por encima de mi condición de hombre. Soy una persona que debe estar entregada al deber y al honor. Pero tú, Maggy, haces que me sienta solo un hombre, nada más. Y no puedo permitir que eso ocurra.

La expresión de ella se suavizó.

–Reza...

–Silencio. No digas nada más –ordenó Reza, recuperándose. Volvía a ser el rey–. Debería haberte llevado junto a tu hermano en el momento en que te encontré en vez de traerte aquí. No puedo permitir esto en mi vida.

–¿Esto?

–Tú. Ocupo un trono y soy responsable del bienestar de un pueblo. Eso es lo único en lo que debo pensar –Reza hizo una momentánea pausa antes de continuar–: Mi padre cometió el error de no cen-

trarse en su reinado y le costó muy caro. Le chanta-
jearon. Hizo el ridículo, aunque solo en privado. Es-
tuvo a punto de permitir que el país se desintegrara y
todo porque antepuso a su amante a la corona. Y el
amor fue su única excusa.

–Yo no sé qué le pasó a tu padre, pero tú y yo estamos prometidos desde que yo nací. Podrías haberte
casado con otra, pero no lo has hecho. Eso tiene que
significar algo.

–Tú moriste –contestó él con aspereza y frialdad.
Y trató de convencerse a sí mismo de que no le im-
portaba la expresión de dolor que vio en el rostro de
Maggy–. Yo continué con mi vida.

Pero Maggy tenía una voluntad de hierro y sacudió la cabeza.

–Sí, me has convencido; sobre todo, después de
anoche.

Reza apretó los dientes y cerró las manos en puños. No podía arreglar lo que había roto la noche
anterior, pero podía tratar de controlar el daño.

–Debo casarme y debo continuar ocupando el trono
–le dijo a Maggy–. Es mi obligación como rey de
Constantines. Tú me haces imaginar que soy algo
más que el regente del país. Haces que me sienta un
hombre.

–Eres un hombre, Reza –contestó Maggy con voz
ahogada–. Eres el mejor hombre que he conocido en
mi vida.

–Soy un rey –repitió Reza apretando los dientes.

No quería ser el mejor hombre que Maggy hubiera conocido. No quería encontrarse en esa situación. Y no lo quería porque sabía cómo acabaría.

Acabaría en una pequeña casa en la isla de Skye, Escocia, en la que vivía una anciana perversa rodeada de los recuerdos de un hombre que jamás le había pertenecido, un hombre al que había torturado hasta llevarle al suicidio.

Las circunstancias de la muerte de su padre se habían ocultado, pero las dudas sobre él no habían logrado disiparse del todo.

–¿Sabes qué ocurre cuando un rey actúa como un hombre, cuando un rey se cree igual que los demás? Que actúa como los demás. Piensa con el sexo, no con la cabeza. Se permite pensar en sí mismo, no en su país.

La vio tragar saliva.

–Reconozco que eso no está bien, pero hay otras formas de comportarse como un hombre –contestó ella con voz queda–. No es todo sexo y egoísmo, guerra y dolor.

–Llevo toda la vida tratando de comportarme de forma distinta por el bien de mi reino –dijo Reza con pasión–. No voy a renunciar a ello por una mujer. Me niego.

–Reza –su nombre en los labios de ella todavía era una revelación. Y se odió a sí mismo por ello–, ¿no crees que el hecho de que te sientas así, como si hubieras perdido el control, se debe a otros motivos? Sientes lo mismo que yo, de eso no hay duda. Quizá sea esta la oportunidad que te permita comportarte como un rey y como un hombre al mismo tiempo, en vez de pensar que solo puedes ser una cosa u otra. Quizá tú me quie...

–Jamás –la interrumpió él con brutal dureza.

Estaba dispuesto a cualquier cosa para evitar que ella pronunciara esa palabra. Una palabra imposible. El amor no tenía cabida en su vida. El amor no tenía nada que ver con esa opresión que sentía en el pecho.

–Eso no ocurrirá nunca –añadió él–. No lo permitiré. Nunca.

–Reza...

Pero él no soportaba ya verla cubierta solo con su camisa, la tentación personificada. Debía poner fin a la situación. Ya.

–Voy a decirle a tu hermano que venga –declaró Reza mientras se dirigía a la puerta–. Sin duda, querrá llevarte con él a Santa Domini. Espero que, cuando volvamos a vernos en alguna función social, nuestro encuentro sea cordial.

–¿Cordial? ¿Te has vuelto loco? Reza, nosotros... Reza volvió la cabeza.

–«Nosotros» no existe. He decidido rescindir el contrato. Eres libre para hacer lo que quieras, ya no vamos a casarnos.

–¿Y si yo me niego a que el contrato se rescinda? Reza se encogió de hombros, como si no le importara.

–En ese caso, cuando me case con otra, vas a quedar en ridículo. Y es precisamente eso lo que voy a hacer, Maggy. Y pronto.

Tras esas palabras, Reza salió de la habitación, rápidamente, para que no le diera tiempo a cambiar de opinión. Antes de que se le ocurriera que Maggy podía tener razón y que él podía ser un rey y un hombre al mismo tiempo. Antes de que volviera a besarla y acabaran de nuevo en la cama.

Antes de que Maggy volviera a hacerle olvidar quién era.

Faltaban solo unas horas para que Cairo Santa Domini llegara a la isla.

Maggy se dio cuenta de que Reza debía de haberle llamado inmediatamente después de salir de la habitación. También parecía que su hermano tenía ganas de verla, a juzgar por la rapidez con que había emprendido el viaje.

—Su Majestad espera que el avión de Santa Domini aterrice dentro de dos horas —le había dicho una de sus sonrientes camareras al volver a sus habitaciones aún vestida con la camisa de Reza.

—Gracias —había contestado ella.

¿Qué otra cosa podía decir?

Maggy no sabía qué esperar de su hermano; sobre todo, teniendo en cuenta lo famoso que era. Y otro rey, nada menos.

Se dirigió al cuarto de baño y se dio una ducha. Después, se vistió, se calzó unas botas de suave cuero y se echó un chal de cachemira por encima.

Ya lista, se miró al espejo y recordó la ocasión en la que Reza había estado a sus espaldas.

«Tienes que dejar de pensar en él», se ordenó a sí misma. «Estás empeorando la situación».

Salió de sus habitaciones mientras sus camareras comenzaban a hacerle el equipaje.

Maggy suponía que Reza iba a ignorarla, que se iba a mantener apartado de ella. En realidad, era lo menos que podía hacer.

Maggy estaba en el desayunador picoteando la comida que suponía debía ingerir a pesar de no tener nada de hambre cuando Reza entró.

No pudo evitar sobresaltarse, no había esperado verle.

Y se odió a sí misma por el atisbo de esperanza que sintió.

Pero Reza, sin decir nada, se sirvió el desayuno.

Era evidente que el rey tenía hambre. El rey, eso era lo único que Reza quería ser, un maldito rey. Al menos, podía haberle pedido a alguien que le llevara una bandeja con el desayuno a su cuarto. Pero no, tenía que ir allí a martirizarla.

–¿Estás intentando atormentarme? –le preguntó ella apretando los dientes.

–No sé qué quieres decir.

Maggy se puso en pie.

–Si esta es la actitud que quieres adoptar, yo no puedo impedirlo. Pero no voy a hacer lo mismo.

Le vio tensar la mandíbula.

–Nadie te ha pedido que hagas nada –contestó Reza.

Maggy se dijo a sí misma que la nota amarga que había creído percibir en la voz de Reza era producto de su imaginación. Se le había antojado que a Reza la situación le resultaba tan triste como a ella, lo que no podía ser. Porque, de ser así, ¿por qué Reza se estaba comportando de esa manera?

–No voy a quedarme aquí y permitir que me hables como a un robot –Maggy tiró la servilleta a la mesa, imaginando que era algo más pesado y que se lo había arrojado a Reza a la cara–. Puede que tú lo seas; evidentemente, eso es lo que quieres ser. Pero yo no voy a seguirte el juego.

Después de toda esa diatriba, Reza seguía impasible y ella continuaba allí de pie. No le había pedido que reconsiderase su actitud. No había llorado delante de él. Pero...

Reza apoyó la espalda en el respaldo de su asiento, su boca parecía una severa línea que ella quería saborear. Ese era el problema. Le deseaba, al margen de todo. Por poco que Reza la deseara a ella.

—Aunque los investigadores que he contratado no pueden estar completamente seguros, creen que han logrado averiguar lo que te pasó —declaró Reza con voz gélida y distante.

Maggy quiso abofetearle, y no con la servilleta. Pero también quería oír lo que él tuviera que contarle. Por lo tanto, apretando los dientes, se quedó muy quieta, aún de pie.

—Un miembro del ejército de Santa Domini se fue de vacaciones repentinamente poco tiempo después del accidente automovilístico en el que murieron tus padres; al parecer, ese militar fue a Londres. Unas semanas más tarde, una mujer a quien las autoridades británicas conocían por haber estado involucrada en un intento fallido de contrabando de drogas, voló a Nueva York acompañada de una niña. No consta en ninguna parte el nombre de la niña. Se perdió la pista de esa mujer después de que aterrizara en Nueva York y nunca más se ha sabido nada de ella. Pero, a las tres semanas, apareciste en una carretera rural de Vermont.

—¿Crees que la contrataron para que me matara?

–Si hubieran querido matarte, te habrían dejado en el coche –respondió él con voz queda–. Creo que alguien sintió pena de una niña de ocho años. Sospecho que contrataron a esa mujer para que cuidara de ti, pero ella debió de abandonarte.

–No me extraña, creo que ese es mi destino –contestó Maggy con frialdad–. Todo el mundo, al final, me abandona.

Reza la miró fijamente y a ella le pareció ver algo en su dura mirada gris. Algo como dolor. Pero desapareció al instante.

Trató de convencerse de que se alegraba de sentirse vacía por dentro mientras se alejaba de allí, dejando a Reza a solas con su corona y con su sentido del deber. Porque cuanto más vacío sintiera, menos sufriría.

Maggy estaba en el vestíbulo cuando el coche que llevaba a Cairo Santa Domini se detuvo delante de la entrada principal de la villa. Y estaba sola, por supuesto.

Porque siempre había estado sola.

«Y así será siempre, princesa».

Oyó un leve ruido y, al volver la cabeza, vio a Reza a su lado

–No tienes por qué estar aquí –dijo ella porque no se podía callar. Sentía más el vacío cuando no hablaba–. Como rey, debes de tener mucho que hacer. Cosas que los hombres nunca hacen, solo los reyes.

Reza dejó escapar un sonido de sus labios. Debía de ser un suspiro de exasperación, pensó ella.

Maggy decidió centrar la atención en el coche y, por fin, vio salir a un hombre sin esperar a que el chófer le abriera la puerta trasera. El hombre esperó a que una mujer pelirroja se bajara del vehículo. La mujer se detuvo a su lado y le agarró la mano.

Cairo Santa Domini, rey en el exilio, antiguo playboy y ahora monarca de su reino.

Maggy había visto su rostro en las portadas de muchas revistas a lo largo de los años. Le resultaba difícil creer que Cairo estuviera allí y mucho más que fuera su hermano.

La mujer, la reina Brittany, según había averiguado buscando en Internet, una de las reinas más queridas de Europa, miró a su esposo como si así quisiera proporcionarle apoyo.

Cairo comenzó a caminar hacia la entrada acristalada de la villa y Maggy contuvo la respiración. Le sudaban las manos y se clavó las uñas en las palmas. No pudo evitarlo. El aire no le llegaba a los pulmones.

Reza, a su lado, hizo un movimiento. Entonces, increíblemente, sintió la mano de él en su espalda.

Quiso gritarle. Quería preguntarle qué demonios creía que estaba haciendo. Pero, por otra parte, no quería prescindir del consuelo que esa mano le estaba ofreciendo, por cruel que fuera, por poco que el gesto significara para él.

Porque ese era el problema. Ella no significaba nada para Reza.

Sin embargo, esa mano lo era todo para ella.

Le permitió permanecer de pie, con la espalda recta y en silencio, cuando Cairo Santa Domini y su esposa entraron en el vestíbulo. Le permitió respirar cuando Cairo, después de mirar a Reza, clavó los ojos en los suyos.

Cairo se acercó más y más a ella. Por fin, se detuvo.

Cairo Santa Domini se quedó inmóvil.

La reina Brittany murmuró algo, pero Maggy no logró oírlo. Cuando Reza contestó, se dio cuenta de que debía de haber sido un saludo.

Pero Cairo continuaba en silencio, mirándola fijamente, y ella no pudo evitar devolverle la mirada.

El corazón parecía querer salírsele del pecho. Eran los mismos ojos que los suyos. Los mismos ojos de color caramelo que veía todos los días cuando se miraba al espejo.

Cairo murmuró algo en lo que le pareció italiano.

—Me hicieron análisis de sangre —dijo Maggy temiendo que Cairo Santa Domini la rechazara como todo el mundo había hecho siempre—. Si no lo crees, dejaré que me hagan más análisis.

Sintió la mano de Reza acariciarle un segundo la espalda, como si quisiera darle ánimos.

—Es como ver un fantasma —dijo Cairo con voz ronca y tono reverente—. Eres igual que nuestra madre.

Maggy contuvo un suspiro.

—No soy un fantasma.

—No —dijo Cairo mirándola de arriba abajo como si quisiera cerciorarse de que estaba ante una persona de carne y hueso—. No, no, eres un fantasma, eres Magdalena. No puedes ser nadie más.

—Llámame Maggy —susurró ella.

Y Cairo Santa Domini sonrió. Fue una sonrisa tan radiante como el sol, una sonrisa que iluminó el vestíbulo y le alegró el corazón a Maggy.

–Ah, *sorrelina* –murmuró él–. Siempre te llamé así.

Entonces, Cairo la rodeó con sus brazos y le levantó los pies del suelo mientras la estrechaba contra sí.

Y Maggy se dijo a sí misma que no le importaba que, mientras su hermano y ella se abrazaban, el hombre del que estaba enamorada se hubiera dado media vuelta y se estuviera alejando de allí.

Trató de pensar solo en lo bueno, en el hombre que acababa de dejarla otra vez en el suelo antes de separarse ligeramente de ella para contemplarla.

Era su hermano. «Su hermano». Era como un sueño.

Pero no era un sueño y tampoco un cuento de hadas.

Ese hombre era su hermano, parte de su familia. Lo que significaba que, por fin, tenía un hogar.

Y la chispa de la esperanza volvió a encenderse en su interior.

Capítulo 10

ULTIMAMENTE, la sala del trono del castillo real de Constantines solo se utilizaba en ocasiones especiales: coronaciones, ceremonias singulares... Estaba acordonada y visible a las visitas turísticas guiadas junto con otras zonas públicas del castillo.

Reza no tenía motivos para estar allí, delante del trono.

Hacía semanas que Maggy se había marchado de la isla. Hacía semanas que el mundo sabía que la princesa de Santa Domini había sobrevivido al accidente.

La prensa nacional y extranjera estaba obsesionada con la princesa, tal y como él había supuesto que ocurriría.

Pero solo él sabía lo mucho que a Maggy le estaba costando sonreír a las cámaras constantemente, lo mucho que se había esforzado para presentar un aspecto tan elegante y estar tan hermosa. Igual que su madre.

Trató de convencerse a sí mismo de que solo leía esos artículos y veía las noticias para ver cuándo se le mencionaba a él.

Pero nadie le mencionaba. Y Reza no quería especular sobre el motivo por el que el palacio de Santa Domini no había revelado el hecho de que había sido él quien había encontrado a la princesa.

En realidad, el palacio de Santa Domini había dicho muy poco. Solo había hecho una declaración pública para explicar que la princesa se había recuperado y estaba adaptándose a su nueva vida. Cairo había dicho en público que estaba encantado de haber recuperado a su hermana después de creerla muerta. La familia había salido en varias fotos; en una de ellas, se veía a Maggy con el príncipe Rafael, su pequeño sobrino.

Todo encantador.

Pero Reza continuaba frío como el hielo.

Allí, en la sala del trono, los fantasmas de sus antepasados parecían estar rodeándole. Casi podía oír sus reproches.

Clavó los ojos en el trono.

En realidad, no era más que una vieja butaca que databa del siglo XV. Era de madera tallada y brillaba bajo los rayos del sol que se filtraban por las vidrieras de colores, confiriendo a la sala aspecto de capilla.

Aquel era un lugar de toma de decisiones y poder; al menos, eso era lo que le habían enseñado.

No comprendía por qué tenía ganas de prenderle fuego. De destrozarlo con sus propias manos.

No, no debía sumirse en esos oscuros pensamientos. La había dejado partir, cosa que debería haber hecho desde el principio, desde el momento en que se dio cuenta de que no sería capaz de mantener las distancias con ella, de que esa mujer le haría caer tan bajo como su padre.

Había tomado una decisión.

Se alejó de allí y, por primera vez, Reza se sintió como si se estuviera ahogando. Como si su papel de rey no le permitiera sacar la cabeza del agua. Como si no le quedara más opción que abrir la boca, permitir que el agua le llenara los pulmones y hundirse.

Impaciente consigo mismo, dobló la esquina de un corredor y se encaminó hacia su despacho.

Al llegar, con expresión tan altiva y distante como siempre, tres de sus ayudantes y su secretario personal le estaban esperando.

—Señor —se dirigió a él su secretario en tono deferente—. Hay un asunto que merece su atención.

—Tendrá que ser más específico —dijo Reza fríamente mientras rodeaba su escritorio.

Lanzó una rápida mirada a las montañas nevadas y los lagos que se veían en la distancia a través de los cristales de los ventanales.

—Se trata de la princesa, señor —continuó su secretario con discreción—. Ha concedido su primera entrevista.

—Supongo que será la primera de muchas —respondió él—. Y supongo que quiere hablarme de esta entrevista por algún motivo específico, ¿no?

Su secretario se enderezó.

—La princesa ha hablado de su futura boda, señor. Y ha dado todo tipo de detalles.

Reza hizo acopio de todo lo que había aprendido sobre diplomacia para quedarse quieto y fingir indiferencia. Para dar la impresión de que la noticia no le afectaba en lo más mínimo.

Y ojalá hubiera sido verdad.

–En ese caso, envíele mis felicitaciones y también un regalo de bodas –murmuró él antes de pasear la mirada por sus empleados–. ¿No hacen eso normalmente sin que yo tenga que intervenir?

–Siento no haberme explicado bien, señor. Será mejor que lo vea usted mismo.

Entonces, su secretario personal le dio una tableta electrónica y puso en marcha un vídeo.

Reza no quería ver vídeos, lo que quería era tirar la tableta por la ventana. No quería ver a Maggy, ni siquiera en vídeo, y menos acompañada de unos periodistas estadounidenses con alarmantes dientes blancos.

–«¿Es verdad que va a seguir la tradición de los miembros de la familia real de Santa Domini, a pesar de haber vivido tantos años en Estados Unidos?» –había preguntado el periodista.

–«Sí, así es» –había contestado Maggy con naturalidad, como si conociera al periodista de toda la vida–. «El rey de Constantines y yo estamos prometidos desde que nací. Estoy encantada de cumplir con mis compromisos».

Reza se quedó helado.

–«Pero usted acaba de descubrir quién es» –había dicho el periodista–. «¿No le parece precipitado lanzarse a algo así?».

–«El rey de Constantines fue quien me encontró» –había respondido Maggy, casi con timidez–. «Sabía quién era yo antes que yo misma. Y pasamos un tiempo juntos mientras me adaptaba y aprendía a asumir mi estatus».

Maggy había bajado la mirada y sonreído, aparentando estar sobrecogida por la emoción.

A Reza le rechinaron los dientes al verla levantar la cabeza y mostrar el rostro sonrojado... como una mujer enamorada.

–«Estoy más que feliz con mi destino» –había añadido ella.

Reza paró el vídeo. El corazón parecía querer salírsele del pecho.

–Más adelante, señor, en el vídeo, la princesa declara que la boda va a tener lugar en junio –explicó su secretario.

–En junio –repitió Reza con una voz que no reconoció.

–Sí, señor.

–Este junio.

Su secretario asintió.

Reza se quedó mirando la tableta en la que se había quedado congelada la imagen de Maggy.

Ya ni siquiera sabía quién era y todo por culpa de Maggy. Toda su vida había tratado de evitar los lazos emocionales, lo había aprendido de las frías exigencias de su madre y el mal ejemplo de su padre. Intentaba reinar y Maggy estaba mintiendo al mundo entero, acorralándole, haciéndole imposible salir de esa encerrona sin destruir las buenas relaciones entre sus dos reinos...

Reza tomó aire y lo soltó lentamente.

Maggy le había desafiado. Iba a responder al desafío.

Maggy iba a comprobar que ni como hombre ni como rey huía ante nada.

–Quiero listo el helicóptero en un cuarto de hora –dijo con voz suave, tranquila, sin traicionarse a sí mismo–. Creo que ha llegado la hora de hacer una visita a la encantadora novia.

Maggy no tuvo que oírle para sentirle.

Esperaba en uno de los salones del palacio, el salón en el que eran recibidos los jefes de Estado y monarcas.

Presentaba la imagen de la perfecta princesa, tal y como Reza le había enseñado. Le habían informado de la inminente llegada de Reza al captar el helicóptero en su espacio aéreo y la habían avisado al tomar tierra el aparato.

Pero no necesitaba que nadie le susurrara al oído para saber que Reza estaba en el palacio y que le estaban conduciendo a donde estaba ella. Lo sentía en el vientre. Lo sentía en la piel.

Por fin, lo vio entrando en el salón como si fuera suyo.

Reza se movía por el salón de su hermano de la misma manera en que se había movido en el café: regio, frío y como si todo le perteneciera.

Maggy no se movió, resistiéndole.

Las puertas del salón se cerraron, dejándolos a solas en aquella estancia llena de antigüedades y artefactos de incalculable valor.

Pero Maggy solo tenía ojos para él.

–Sabía que vendrías –dijo ella con dulzura cuando le tuvo delante, con expresión furiosa y... algo más que no se atrevía a interpretar–. Me sorprende que hayas tardado tanto.

–Deberías haberme dicho que eres vidente –respondió él en tono amenazante. Sin embargo, ella sintió su voz como una caricia–. Me habría ahorrado tiempo y esfuerzo.

Ese comentario, semanas atrás en la villa, la habría dejado destrozada. Pero ahora ya llevaba unas semanas allí, en compañía de su maravillosa y pícara cuñada, y de su hermano, un hombre inteligente y divertido; ya no era la misma persona que la que había ido a la isla.

Además, ahora conocía mucho mejor a Reza.

–Reza, no te vas a deshacer de mí –le informó con voz queda.

No iba a andarse con rodeos porque no quería perder un segundo más de su vida, ya había perdido veinte años.

–Sé que has intentado convencerte a ti mismo de lo contrario, pero lo único que has estado haciendo es escapar porque estabas asustado.

Tal y como Maggy había sospechado, Reza se quedó rígido, con expresión fría.

–Perdona, ¿qué has dicho?

Maggy sonrió, pero no era una sonrisa falsa, sino profunda.

–Me encanta cuando dices eso, con expresión altiva y tan indignado. Pero es una pose y creo que lo sabes.

–Creo que vas a descubrir que el rey de Constantines no se asusta fácilmente y tampoco huye de nada –Reza arqueó las cejas, pero seguía delante de ella, sin moverse. No se había marchado–. Por principio.

–Puede que no –ella también alzó las cejas y se recostó en el respaldo del sofá con actitud regia–. Bueno, Reza, ¿qué piensas hacer respecto a ti mismo?

–¿Que qué pienso hacer respecto a mí mismo? –Reza frunció el ceño–. No te entiendo.

No, claro que no la entendía.

–Sabes ser rey, en eso estamos de acuerdo –respondió Maggy.

Sí, Reza era un rey. Incluso en ese momento, allí de pie delante de ella en el palacio de otro hombre, proyectaba autoridad. Una autoridad que ella sintió en su propio vientre.

–¿Vas a seguir aparentando no ser un hombre de carne y hueso con las mismas necesidades que el resto de los mortales? –añadió ella.

–Yo no estoy aparentando nada. Pero eso no significa que tenga que ceder a mis instintos más básicos. No tengo por qué permitir que el deseo me controle.

A Maggy le pareció que, en vez de convencerla a ella, estaba tratando de convencerse a sí mismo.

–Sin embargo, estás permitiendo que la muerte de tus padres y su terrible matrimonio te controlen.

Reza pareció indignado; pero Maggy, que había esperado esa reacción, continuó sin arredrarse.

–Estas últimas semanas he estado haciendo indagaciones sobre tus padres, sobre los rumores de que tu padre llevó el país al borde de la guerra a causa de la relación con su amante, de que deshonró la corona y de que se quitó la vida. Sí, todos esos maliciosos rumores.

–No son rumores, son hechos que llevo años evitando que salgan a la luz pública –respondió él directamente–. En fin, ahora que ya conoces todas estas desagradables verdades, ¿no te parece que puedes dejarte de tanto teatro?

Maggy se puso las manos en el regazo para evitar extender los brazos y tocarle.

–Yo no tuve padres –declaró ella con voz queda–, pero se supone que la obligación de los padres es proteger a los hijos, Reza. Sin embargo, los tuyos te hicieron responsable de sus problemas.

–No sabes lo que dices –declaró Reza con voz ronca.

Atormentado.

–Si tú lo dices, Majestad... –respondió Maggy en un tono que mostraba desacuerdo. Después, inclinó la cabeza como sabía que a él le gustaba hacer–. Tú lo sabes mejor que nadie.

Y a Maggy le pareció poder oír el rechinar de los dientes de Reza.

La verdad es que le conocía, le conocía muy bien. Y le conocía muy bien porque ella era igual que él. Reza estaba tan solo como ella lo había estado siempre. Reza se escondía en sus palacios y en sus villas, en sus trajes hechos a medida y en su insistencia sobre los deberes de un rey, pero siempre estaba solo. Su vida era un trono, nada más.

Puede que todo eso fuera mejor que una pequeña habitación en Vermont, pero ambos habían sentido el mismo frío y el mismo vacío en lo más profundo de su ser.

Maggy lo sabía mejor que nadie.

Conocía a Reza mejor que nadie; en parte, porque él le había mostrado lo que sufría detrás de esa máscara de hombre implacable.

Reza la había encontrado y la había rescatado. Ahora era el momento de rescatarle a él.

–¿Qué es lo que crees que estás haciendo exactamente? –le preguntó Reza en tono suave, pero igualmente amenazante–. ¿De verdad crees que puedes anunciar la fecha de nuestra boda y que yo voy a seguirte el juego? ¿Solo porque tú lo digas?

–Al principio, ese era el plan, ¿no? –Maggy se encogió de hombros–. A mí me sigue pareciendo bien.

–Deberías haberme dicho que estás completamente loca –le espetó Reza–. Habría hecho las cosas de otro modo.

–No estoy loca, sino enfadada contigo –le contestó ella.

Entonces, Maggy se puso en pie, dejando que la falda del vestido cayera como fuera. Había elegido ese vestido porque le daba aspecto de reina. Advirtió que él también se había dado cuenta.

–Me convertiste en una princesa –añadió ella–. Ahora quiero ser tu reina, tal y como me prometiste.

Reza tenía las manos cerradas en puños y la expresión tormentosa. Pero allí seguía. Y allí estaba ella, con el corazón que parecía querer salírsele del pecho, pero disimulándolo.

–No puedes obligarme a casarme contigo –declaró él como si fuera el fin de la conversación.

Pero no se marchó.

Y Maggy le sonrió.

–En primer lugar, lo de casarte conmigo no depende de ti –respondió ella–. Es tu destino, Reza.

Le vio reconocer sus propias palabras. Y, al ver ese brillo plateado volver a sus ojos, se dio cuenta de que todo saldría bien. Sí, iba a funcionar. La llama de la esperanza brillaba con más fuerza, guiándola en la dirección adecuada.

–Y, en segundo lugar –continuó Maggy–, ¿es que eres tan tonto que todavía no te has dado cuenta de que estamos hechos el uno para el otro? Recogiste a una mujer apaleada y asustada y la convertiste en una princesa.

–Y tú has convertido a un rey en un hombre –le espetó él, pero con menos cólera que antes.

Sin embargo, Maggy ya había visto ese brillo gris y había dejado de tener miedo. No iba a perder a Reza. No le perdería nunca.

Maggy se acercó a él y vio tensarse un músculo de su mandíbula. Entonces, le puso las manos en el pecho y arqueó la espalda mirándole fijamente a los ojos.

–Te amo, Reza –le dijo con absoluta sinceridad–. Me gustas como rey, me encanta la seriedad con que te tomas tus obligaciones, respeto profundamente lo mucho que te preocupas por tu pueblo... Pero, sobre todo, amo al hombre que se ocupó de mí y me cuidó. Amo profundamente a ese hombre.

–Maggy... –susurró él, como si el nombre de ella fuera a partirle en dos–. No sé si puedo... Mi padre...

–Tú no eres tu padre –dijo ella con solemnidad–. Y yo no quiero ser tu amante. Ah, Reza, y sí que podrás.

Le vio derrumbarse. El hielo se deshizo y Reza irradió un enorme calor al estrecharla entre sus brazos.

Por fin, Maggy había encontrado su hogar.

–Sabías que vendría a por ti –gruñó él con la boca

casi pegada a la de ella–. Sabías que no podría resistirme.

–Más bien, albergaba esa esperanza –respondió ella agrandando los ojos.

–Y si me caso contigo... ¿qué va a pasar? –preguntó Reza–. Cuando pierda completamente el control sobre mí mismo y me convierta en un hombre perdido sin ti... entonces, ¿qué?

–Entonces iré a buscarte y te encontraré –susurró Maggy–, lo mismo que hiciste tú conmigo. Y, Reza, te prometo que jamás permitiré que te tropieces. No voy a obstaculizar tu reinado, no vas a ser peor rey por mí. Pero eso sí, haré todo lo que esté en mis manos para que aprendas a ser también un hombre.

Con cierta vacilación, Reza le acarició el cabello y Maggy no pudo contener las lágrimas cuando él le besó la frente con reverencia.

–Creo que he estado enamorado de ti toda la vida –le dijo él con voz aterciopelada–. Estaba enamorado de ti en un sentido abstracto. Lloré tu muerte. Y, cuando vi esa foto tuya, volví a enamorarme de ti.

Entonces, Reza la besó. La besó de verdad. La besó con ardor y pasión. La besó una y otra vez. Fue como si estuvieran casándose, como si se estuvieran fusionando.

Cuando Reza se apartó de ella, fue Maggy quien le puso las manos en el rostro.

–Después de que me encontraran abandonada en esa carretera, solía soñar con cuentos de hadas –confesó ella–. Soñaba con reyes, reinas y palacios. Soñaba con esa gente y quería que se convirtieran en personas de verdad.

Maggy sonrió, le besó y continuó:

—Quizá lo fueran. Es muy posible que no fueran sueños. Quizá estuviera reviviendo mi vida antes del accidente automovilístico.

Reza susurró su nombre y la abrazó.

—Reza, ¿no lo ves? Me he pasado toda la vida soñando contigo. Es solo que, durante un tiempo, me olvidé de tu nombre.

Y la sonrisa que Reza esbozó fue lo más bonito que Maggy había visto en su vida.

—Me encargaré de que no vuelvas a olvidarlo jamás.

—Cásate conmigo, Majestad —susurró Maggy—. Hazme tu reina.

Y ese junio, en una ceremonia televisada, Reza se casó con Maggy.

Vivieron juntos el resto de sus vidas, haciendo realidad su cuento de hadas.

Tal y como Maggy siempre había soñado.

Bianca

«Tengo una hija... y es tuya».

Después de haber estado a punto de perder la vida, Alexis Sharpe había decidido contarle a Leandro Conti que tenían una hija en común. Habían pasado siete años, pero estaba dispuesta a enfrentarse a él solo por su hija.

Leandro solo tenía un secreto: su apasionado encuentro con Alexis. Tras la muerte de su esposa, no había mirado a ninguna otra mujer, salvo a Alexis, que había sido para él una irresistible tentación. Se arrepentía de cómo la había tratado, pero después de saber que tenía una hija con ella iba a reclamar lo que era suyo.

SOLO POR SU HIJA

TARA PAMMI

Acepte 2 de nuestras mejores novelas de amor GRATIS

¡Y reciba un regalo sorpresa!

Oferta especial de tiempo limitado

Rellene el cupón y envíelo a
Harlequin Reader Service®
3010 Walden Ave.
P.O. Box 1867
Buffalo, N.Y. 14240-1867

¡Sí! Por favor, envíenme 2 novelas de amor de Harlequin (1 Bianca® y 1 Deseo®) gratis, más el regalo sorpresa. Luego remítanme 4 novelas nuevas todos los meses, las cuales recibiré mucho antes de que aparezcan en librerías, y factúrenme al bajo precio de $3,24 cada una, más $0,25 por envío e impuesto de ventas, si corresponde*. Este es el precio total, y es un ahorro de casi el 20% sobre el precio de portada. !Una oferta excelente! Entiendo que el hecho de aceptar estos libros y el regalo no me obliga en forma alguna a la compra de libros adicionales. Y también que puedo devolver cualquier envío y cancelar en cualquier momento. Aún si decido no comprar ningún otro libro de Harlequin, los 2 libros gratis y el regalo sorpresa son míos para siempre.

416 LBN DU7N

Nombre y apellido	(Por favor, letra de molde)

Dirección	Apartamento No.

Ciudad	Estado	Zona postal

Esta oferta se limita a un pedido por hogar y no está disponible para los subscriptores actuales de Deseo® y Bianca®.
*Los términos y precios quedan sujetos a cambios sin aviso previo.
Impuestos de ventas aplican en N.Y.

SPN-03   ©2003 Harlequin Enterprises Limited

Secretos de cama
Yvonne Lindsay

La princesa Mila estaba prometida con el príncipe Thierry, y aunque apenas se conocían pues solo se habían visto una vez años atrás, se había resignado a casarse con él para asegurar la continuidad de la paz en su reino. Un día tuvieron un encuentro fortuito y él no la reconoció, y Mila decidió aprovechar para hacerse pasar por otra persona para conocerlo mejor y seducirlo antes del día de la boda.

La química que había entre ellos era innegable, pero Thierry valoraba el honor por encima de todo, y Mila le había engañado.

*El engaño de Mila podía destruir
sus sueños y el futuro de su país...*

Bianca

Seducción en el desierto...

Desde su hostil primer encuentro hasta su último beso embriagador, la bailarina de cabaret Sylvie Devereux y el jeque Arkim Al-Sahid habían tenido sus diferencias. Y su relación empeoró cuando Sylvie interrumpió públicamente el matrimonio de conveniencia de él con la adorada hermana de ella.

Arkim quería vengarse de la seductora pecadora que le había costado la reputación respetable que tanto necesitaba.

La atrajo a su lujoso palacio del desierto con la idea de sacarla de sus pensamientos de una vez por todas, pero resultó que, sin las lentejuelas y el descaro, Sylvie era sorprendentemente vulnerable... Y guardaba un secreto más para el que Arkim no estaba preparado: su inocencia.

EL JEQUE Y LA BAILARINA

ABBY GREEN